Richard von Schaukal

Vom Geschmack

Zeitgemäße Laienpredigten
über das Thema Kultur

Richard von Schaukal: Vom Geschmack. Zeitgemäße Laienpredigten über das Thema Kultur

Erstdruck: München, Georg Müller, 1910, mit der Widmung »Seinem lieben Andreas von Balthesser«

Neuausgabe
Herausgegeben von Karl-Maria Guth
Berlin 2020

Der Text dieser Ausgabe wurde behutsam an die neue deutsche Rechtschreibung angepasst.

Umschlaggestaltung von Thomas Schultz-Overhage unter Verwendung des Bildes: Heiner Hawel, Richard von Schaukal, 2020

Gesetzt aus der Minion Pro, 11 pt

Die Sammlung Hofenberg erscheint im
Verlag der Contumax GmbH & Co. KG, Berlin
Herstellung: BoD – Books on Demand, Norderstedt

ISBN 978-3-7437-3622-1

Bibliografische Information der Deutschen Nationalbibliothek

Die Deutsche Nationalbibliothek verzeichnet diese Publikation in der Deutschen Nationalbibliografie; detaillierte bibliografische Daten sind im Internet über www.dnb.de abrufbar.

Inhalt

Vorwort

Die Aufsätze, die ich hier zu einem Buche vereinigt habe, sind in den letzten 3 Jahren entstanden. Ihr gemeinsamer Ursprung ist die bald zu einer bitteren Erkenntnis verdichtete melancholische Stimmung, die »Großmutter. Ein Buch von Tod und Leben. Gespräche mit einer Verstorbenen« (Stuttgart, 1906) gereift hatte. Sie schließen an die Reihe von lehrhaften Versuchen an, die ich 1905 für »Kunst und Dekoration« geschrieben und 1906 in der vielgenannten Broschüre »Die Mietwohnung. Eine Kulturfrage« (Darmstadt 1906) gesammelt und so zu einem vorläufigen Abschluss gebracht habe. Inzwischen waren mir in einer vorzüglich epischen Epoche meines Schaffens »Giorgione oder Gespräche über die Kunst« und »Literatur. Drei Gespräche« (München, 1906) einer-, »Leben und Meinungen des Herrn Andreas von Balthesser« anderseits geraten, die ich gern als Flügelaltarbilder des Triptychons bezeichne, dessen Mittelstück »Großmutter« vorstellt. Vielleicht darf ich »Kapellmeister Kreisler« seine Rückwand nennen. Ich gebe hier nur Stationen meines Weges an, dessen Richtung meine Freunde kennen. Beiläufig bemerkt: Seit »Großmutter«, »Mietwohnung«, »Giorgione« und »Balthesser« sprechen mich in den scheinbaren Irrgängen meiner Autorerscheinung Unberatene bald als »Kunstschriftsteller«, bald als Modeschriftsteller, bald als Cicerone, bald als Knigge, bald als Dozenten, bald als Pädagogen an (nur nicht als Poeten). Ich lasse mir alles gefallen, und da ich – ich möchte sagen Gott sei Dank – in einem anstrengenden und verantwortlichen Berufe wenig Zeit zur notwendigsten, drängendsten Äußerung erübrige, bin ich nach Geschmack und Stimmung jeweils gern bereit, dem einen oder dem andern Begehren zusammengefasst zu entsprechen. Ich habe, vielfach umgetan, wenigstens immer wieder wirklich etwas zu sagen, und was ich sage, ist durch alle Stadien der Lust und der Hindernisse hindurchgegangen und also geläutert und ziemlich besonnen. Ob es eindrucksfähig, wirksam sei, will ich nicht beurteilen; dass es mir kaum je genügt, kann ich Berufenen verraten. (In diesem Bande scheint mir »Vom Tanzen« in seiner Art der vollkommenste Ausdruck einer reifen, tief wurzelnden Einsicht.) Ich habe auf Verlangen manches mir gelegentlich nicht unwichtig erschienene Thema des Öfteren behandelt, ich darf bekennen, niemals mich selbst bloß wiederholend, immer wieder die nur zu häufige Gelegenheit zur Vereinfachung, Konzentrierung des seither besser Verarbeiteten benützend. Stößt sich vielleicht mancher oberflächliche Beobachter an einer Vielseitigkeit, die ihm bedenklich erscheint, so kann ich ihm versichern, dass mir mein weites Feld noch allzu enge dünkt, und ihm zur Erklärung sagen, dass einer, der kein Literat, sondern ein hin und wieder zum Schreiben geneigter Mensch ist, die Einseitigkeit, dünkelhafte Enge und Armseligkeit des »Schriftstellers« in einem Grad empfindet, der »Berufsgenossen« wohl kaum je glaubhaft erscheinen dürfte. Ich finde nämlich – und weiß mich leider dabei im sozusagen konstitutiven Gegensatze zu meinen viel, allzu viel schreibenden Zeitgenossen – dass abgesehen vom Dichter, einer Spezies, die trotz den krankhaften Versuchen der entsetzlichen Vertreter unseres Epigonentums am Aussterben ist, zum belangvollen, lebendigen Autor alles eher vonnöten ist als die beliebte Weltfremdheit des Literaten, der seinen Entwicklungsgang von Publikation zu Publikation abschätzt. Ich finde, dass Menschen wie Montaigne, Rivarol, Bismarck, Benjamin Constant, Villiers in ihren zufälligen Mitteilungen dem besten Teil der Menschheit unendlich mehr gegeben haben als alle die unzähligen »Schriftsteller«, die von Zeit zu Zeit und gewissermaßen auf Widerruf beliebt sind und beliebt gewesen sind. Im letzten Grunde freilich ist dies ja nicht so sehr Sache des Geschmacks – wenn auch gewiss der Erziehung, also doch des Geschmacks – als der Persönlichkeit. Ich wenigstens lese lieber irgendeine tatsächliche Bemerkung von Alfred Lichtwark oder Hermann Keyserling als einen sogenannten modernen Roman. Aber von einem großen Künstler wie Flaubert – dies zur Richtigstellung – lese ich nicht nur jede Zeile, sondern jede Zeile immer wieder.

Ich weiß nicht, ob dies die richtige Einleitung zu einem Buch ist, das sehr viel begreift, mehr angreift, und doch vom Standpunkt eigentlich künstlerischer Durchbildung sehr anspruchsloser Natur zu sein bekennt: Es ist, wie gesagt, aus Gelegenheitsaufsätzen zusammengestellt und bloß äußerlich zusammengehalten; es vertraut seiner innerlichen Einheit, die nichts anders vorgibt zu sein als – Wahrheit.

Brünn, Schreibwald, 21. Oktober 1909.

Richard Schaukal

Vom Geschmack

Dass über ihn nicht zu streiten sei, ist, obwohl es ein Sprichwort behauptet, richtig. Aber in dem Sinne nur, dass, wer ihn nicht hat, ihn nicht erwerben kann. Denn es gibt »ihn«. Und er ist immer sich selbst gleich. *Der* Geschmack nämlich, dessen Plural nicht »die Geschmäcker« lautet.

Wer Geschmack hat, lebt nicht leicht. Denn er ist umringt, umwimmelt von solchen, die »seiner« nicht teilhaftig geworden sind, leider aber trotzdem *ihren* betätigen … Und wie der einzelne heute seiner – es sei nur geradezu gesagt – an Geschmack bis auf die Knochen verarmten Zeit, so stehen geschmackvolle Zeiten, Zeitalter, Epochen andern gegenüber.

Was ist Geschmack? Ein Unwägbares, eine Kraft, ein Zustand, eine Tatsache. Dem Geschmackvollen ist das Geschmacklose ein Rätsel. Nicht umgekehrt. Denn der Geschmacklose *sieht* gar nicht das Geschmackvolle in seiner ewigen Herrlichkeit. Säh' er's – er wäre nicht geschmacklos. Geschmack ist mit hoher Intelligenz vereinbar; auch Geschmacklosigkeit. Geschmack ist mit völliger Naivität vereinbar; auch Geschmacklosigkeit.

Eines schließt den Geschmack aus: Absichtlichkeit. Absichtliches ist immer geschmacklos. Aber alles Geschmackvolle ist notwendig. Mode scheint Willkür. Dem ist nicht so. Es gibt eine unwillkürliche Mode. Die geschmackvolle. Noch ein Beispiel. Alle Reform ist geschmacklos. (Siehe die »Reform«-Tracht. Ich bin davon überzeugt, man ahnt in sogenannten kulturbewussten Kreisen nicht, bis zu welchem Grade dem Geschmackvollen »Reform« auf dem Gebiete der Mode zuwider ist.) Der Geschmackvolle sagt zu geschmackvollen Dingen nichts als ein stilles Du. Sein ebenso stilles Sie vor geschmacklosen Dingen ist das Abweisendste an Distanzgebot, was erdenkbar ist. Aber das fröhlich-freche Geschmacklose hat davon keine Ahnung.

Man hört und sieht in unsrer armen, verwirrtverworrenen Zeit immer wieder »Bewegungen«. Allerlei mehr oder weniger unbefugte Menschen sind darauf aus – »darauf aus« sind stets Unbefugte –, dies und das darzutun: Sie stellen auf und aus, werben, rüsten, wirken und »lösen Bewegungen aus«. Es gibt entsetzlich viel »Bewegungen« heute.

Ein Merkzeichen für harmlose Gemüter, die sich manchmal gern etwas sagen lassen: Wo du Bewegungen »sich auslösen« siehst, dort gedeiht das Geschmacklose.

Es gibt keine »Buchkunst« für bessere Menschen. Es gibt nur – und hat immer, früher freilich allgemein und heute selten, gegeben – gute Bücher, gut, das heißt in richtigem Verhältnis aller Faktoren (Type, Papier, Umschlag usw.) hergestellte Bücher. Es gibt auch keine »neue« Musik, keinen »neuen« Stil usw. – für bessere Menschen. Der Geschmack ist alt, das heißt ewigjung. Er altert nicht, veraltet nicht. Alles Neue veraltet. Ein großer Künstler ist allen großen Künstlern aller Zeiten blutsverwandt. Kein Grund zur Aufregung für bessere Menschen. Nur die andern, die minderen Menschen regen sich immer wieder – ohne innerlichen Erfolg – an Unerhörtem auf. Eine Anstandsregel für arglose Gemüter: Wo Lärm ist, da kehr um. Es ist nichts daran. Noch eine Regel für Arglose, Ratlose: Alles Bedeutende ist menschlich. Unmenschliches ist immer ohne Bedeutung. Das große Menschliche flößt Ehrfurcht und Staunen ein. Das kleine Menschliche Mitleid. Aber das Unmenschliche, alles Zusammenhanglose lässt kalt. Es sind nur Gehirnräusche, nicht Herzensräusche, die dir dort entgehen, wo Lärm ist. Das Geschmackvolle vermeidet den Lärm, den Lärm der Linien wie den Lärm der Farben und Töne.

Das Geschmackvolle ist immer inkognito. Armer Reicher, der du dich manchmal – es gibt solche Zuckungen der Ungeduld – bemühst, das Wesen dieses Inkognito zu verdeutlichen. Gib's auf, gib's auf, zumal heute, da alles zur Undeutlichkeit sich drängt.

Es nützt nichts, es muss gesagt werden: Unsre Zeit ist dem Geschmackvollen instinktmäßig feindlich. Es ist zu viel armseliger Intellekt in dieser Zeit. Nicht der reine, luftreinigende Intellekt sich auf sich selbst besinnender Epochen. Ein Surrogatintellekt, ein gemeiner, aus dem Mund riechender Intellekt, der richtige protzende Parvenu-Intellekt. Allenthalben sieht man ihn am Werk. Er feiert sich täglich selbst. Wie eine in der Nähe kaum bemerkbare, aus einiger Entfernung und – Höhe aber widerlich dicke Luftschicht liegt er über dem, webt er in dem was »wir« heute Kultur nennen. Harmlosen zur Lehre: Wir haben keine, nicht die Spur davon! Zumal das, was sich als Kultur aufspielt, ist dem, was Besseren, Einsamen, Melancholischen, Unzeitgemäßen wahre Kultur bedeutet, so fern wie der Mädchenhändler dem Gentleman. Ein Zuhältertum niedrigster Art ist diese ganze absichtliche, patzig aufgetragene, zerspringende und zerbröckelnde Kultur, die uns auf Schritt und Tritt belästigt wie der Geruch geöffneter Gasrohrleitungen. Was helfen alle »Errungenschaften«, was beweisen sie? Barbaren, über dir, Simson!

Der Snob ist der Mann des Tages. In der Literatur, in der bildenden Kunst, in der Musik hat er sich festgesetzt. Da tut er, »als ob«, nimmt's Maul voll und spuckt beim Sprechen dem Hörer vor widerlichem Eifer ins Gesicht. Wortkultur, Speichelkultur. Es wendet sich der Wehrlose voll Grausen … Und die gefährlichste Emanation dieses modernen Snobismus ist die »höhere«. »Wir geistigen Menschen!« Man verschluckt ein grobes Schimpfwort, ein irdisches, allzu irdisches (selbst verschluckt tut's wohl). Wir nennen sie verächtlich Humbug, diese »höhere« Emanation, und gehen weg, zu uns, ganz in uns selbst zurück. Und da, im Tiefsten, wissen wir, was wir haben: ein unsichtbares Königreich der Seele, die Heimat aller heimlichen Schätze: Ehrfurcht, Treue, Liebe.

Aus einem Brief an das 18. Jahrhundert

Lieber Diderot, lieber Cazotte, lieber Chamfort, lieber Rivarol, ahnet Ihr und Ihr andern alle, deren Sprache ich spreche, deren Gedanken ich denke, deren Geist mir wie eine leicht und köstlich zu atmende Luft ist, ahnet Ihr, was ich leide in dieser unbeschreiblich gemeinen Zeit? Ihr Arglosen ahnt es nicht; denn es ist das ungeheuerlichste Märchen, das ein Galland Euch aus dem andern Arabischen unsrer Epoche in Eure wunderbare Sprache zu übersetzen – zögerte, Euch, selige Wandler an Abgründen, in die dann alles gestürzt ist, was uns Enterbten, Entblößten Kultur heißt …

Vernehmet schaudernd, wie der Tag Eures armseligen Nachfahren verläuft – woran das Bemerkenswerteste das ist, dass neben ihm Hunderttausende sich eigentlich ja doch wohl fühlen! –

Er erwacht müde, erhebt sich mit allem Aufwand an notwendiger Energie – auf solche Dinge, wie das Aufstehen, geht heute die Energie drauf, die früher etwa in einem Degenstoße sich entlud; zehn Lebensjahre für einen solchen Degenstoß, der durch und durch ginge! –; er setzt sich an den Toilettetisch, sich zu rasieren. Was grinst ihm ins Fenster im grellen Morgenlicht? Eine Fassade … Ahnt Ihr, Begnadete, was uns paar Gemarterten heut eine Fassade heißt? Ihr ahnt es nicht. Lasset mich davon schweigen. Etwas Gemeineres hat es nie gegeben. Was sind Menschenopfer von Kannibalen gegen den Kannibalismus unserer Großstadtfassaden! Ein Feentraum, ein Pastell von Lancret.

Lasset mich schweigen über die Unsäglichkeiten unsrer Kleidung, die Hosenträger, Westen, Krawatten, Hemdknöpfe und den sonstigen Trödel einer Tracht von Handlungsgehilfen.

Der also Gekleidete verlässt, viele Stiegen hinabsteigend, durch ein Prachtportal das Monumentalzinsgebäude, darin alles, Türen, Fenster, Treppengeländer, Kandelaber, Portier, prunkvoll, ordinär und unecht ist.

Er ist auf der Straße. Was wisset Ihr von einer großstädtischen Gasse! Von Plakaten, Kaffeehäusern, Panoptikum, Galanteriewarenschaufenstern, Dienstmännern, Hundehändlern, Blumenweibern, Annoncenausbietern usw.! Was wisset Ihr von dem Publikum der frühen Vormittagstunden, dieser zum Geschäft, zum Amt, zum Dienst eilenden, einer dem andern gleichgültigen Menge von Sklaven, in ihrem unrhythmischen Tempo, ihrer brutalen Vereinzelung! Jedes Element dieses wimmelnden Mosaiks ist scheußlich. Und alles das, die Wagen, Tiere, Menschen, Maschinen, alles lärmt.

Und diese ganze zusammenhanglose Masse lebt nicht nur, sondern will weiterleben, weiterwirken. Dieses traurige Volk von Entarteten baut und zeugt, verfügt und verwaltet. Überall Institute, Schulen, Vereine, Genossenschaften. Ein ungeheurer Apparat klappert Tag und Nacht. Die Technik, dieses Dir sozusagen unbekannte Ereignis, das eine Epoche geschaffen hat, bedient durch zahllose stupende Einrichtungen die tausend anerzogenen, aufgelesenen, angeflogenen, unerfühlten Bedürfnisse eines wüsten Haufens von Heimatlosen. Für wenige Heller kannst Du jederlei Surrogat haben. Bazare und Warenhäuser versorgen schwindelhaft und atemlos kreißend den bescheidensten Nachzügler dieser Talmikultur mit den schäbigen Zeichen der Zeitgemäßheit.

Und durch alles das, o Rivarol, muss Dein duldender Freund täglich hindurch! Alles das drängt sich ihm auf; buchstäblich ins Gedränge muss er hinein, ohne Schutzwehr an all den gedrängt gereihten Laden, Portalen und Ankündigungen vorüber, mit armen offenen Augen, mit armen bloßen Nerven. Betritt er ein Speisehaus, grölt derselbe wüste Lärm der wilden Farben und sogenannten Schmuckdinge, betritt er ein Theater, einen Vortrags- oder Konzertsaal: Immer ist er wieder ganz drinnen in dem Gemenge gleißender Barbarei, selbstgefälligen Unfugs.

Denke Dir, wie sich die Menschen dieser entsetzlichen Zeit erholen, vergnügen, erheben. Sie betreten einen getäfelten Raum, der von Gold und Marmor starrt, alles sinnlos und hässlich zusammengetragen, Elemente aller Stile in ein (schlecht ventiliertes) Geviert gedrängt; sie sitzen nieder auf strohgeflochtenen Garküchenstühlen und glotzen auf ein Podium, wo alsbald der Kunstgenuss anhebt, exekutiert von Männern in schlecht gemachter Festtracht – Frackanzügen – und von Weibern etwa in willkürlichen, meist armseligen, immer aber irgendwie der Tagesmode angenäherten Gewandungen. Es gibt da Weiber, die, Brill' auf der Nas', vom Notenblatt singen; Erhebung heißt den zu Hause die Möbel mit Leinwand vor Motten schützenden Müttern der Kinder solche ästhetische Drangsalierung der Betrachter. Schon die

Tatsache eines öffentlichen Konzerts, wo jedermann sich zahlend in den gefügigen Rahmen bringen kann, würde Dich, liebenswürdiger Cazotte, entsetzen. Nun sieh Dir aber alle diese »besseren« Menschen an, herrlich boshafter Chamfort. Vom Kopf bis zum Fuß sind sie halbschlächtig hergerichtet. Und hässlich an Physiognomie und Gestalt, es ist gar nicht auszudrücken, bis zu welchem Grade! Dabei ohne die Spur von beweglicher Anmut; beobachtend beobachtet, befangen oder protzig, mit Barten, Zwickern, allerlei Haaranordnungen vom Lächerlichen bis zum Ekelhaften, schlechtem Schuhwerk, aber plombierten Zähnen.

Lieber Diderot, lieber Chamfort, es gibt noch immer einige wenige darunter, die Euch zu schätzen vorgeben. Aber verlanget nicht, sie kennenzulernen. Es sind die literarischen Menschen oder der Alpdruck Eures still duldenden Freundes – –. Wenn Ihr heut aus dem Grab aufständet, würde Euch ein Kulturverein einladen, vor seinem Stammpublikum etwas aus Euren Büchern vorzulesen, und nachher gäbe Euch das Komitee ein Festessen; der Bankbeamte Y, bei Nacht Kunstreferent des Abendanzeigers, säße Dir zur Linken, Rivarol, und schöbe schmatzend den Spinat auf seinem im vernickelten Heft gelockerten, aber mit Rokoko-Ornamenten – Dir zu Ehren, symbolisch – verzierten Messer in den Mund; Dir zur Rechten aber dozierte eine Frauenrechtlerin im kantig-dekolletierten, verschwitzten und abgesessenen Reformkleid über Deine erlauchten Zeitgenossinnen, die ich geschlossenen Auges jetzt, einer Wolke Parfüm gleich, vor meiner Seele vorüberschweben fühle ...

Bemerkungen zur ästhetischen Wohnungsnot

1. Der Missstand ein sozialethisches Symptom

Der äußere Charakter unsrer Städte hat sich im Verlauf einer verhältnismäßig kurzen Frist wesentlich geändert. Um es gleich zu sagen: nicht zum Bessern, im Gegenteil: vom Guten – apodiktisch gesprochen – ins Schlechte. Früher hatte die Straße eine ehrliche Physiognomie, heute trägt sie eine widerlich gemeine Maske. Früher unterschied man in einer der schön gestuften Gesellschaftsordnung entsprechenden Reinlichkeit die Paläste von den Kaufhäusern der Patrizier und den einfachen Bürgerhäusern. Auch die aus niedrigen düstern Gebäuden sich zusammensetzenden engen Gassen hatten ein sowohl zum Gesamtbilde malerisch stimmendes wie im einzelnen schlicht überzeugendes warmes Gepräge. Ein lebendiger Rhythmus durchklang die Stadt. Wo immer man sie betrachtete, ob von ihren behaglichen Plätzen, vom Stadtturm aus, von einer Bastei oder aus der Ferne: Sie stand als ein entwicklungsfähiger, wurzelnder Organismus, als ein Lebendiges da. Heut ist der Anblick einer Stadt schönheitssinnigen Augen ein Gräuel. Kein Jota von dem Wort: ein Gräuel!

Einsame Reste an Barbaren ausgelieferten Erbtums fristen ein zitterndes Dasein unter dem Gedränge der schändlichen Ankömmlinge. Der Aspekt der Straßen aber ist der: die Pflastersteige entlang Kaufladen, einer den andern überschreiend mit der zur Schau gestellten Warenmenge und der Hottentottenzier des Rahmens; dazwischen mächtige Portale, eines brutaler als das andre; minder »kostbare« darunter verstreut; fast alle, wie die Stirnen der anstoßenden Laden, unter verwirrenden Namenstafeln und Anzeigen auf Blech, Holz, Marmor, Papier verschwindend; darüber himmelanragend die getürmten Stockwerke, auch sie zwischen den Fensteröffnungen mit hässlich angebrachten Firmenschildern und Ankündigungen bis zur Unkenntlichkeit beladen. Endlich zuhöchst die triumphierende »Kunst«: posaunenblasende Göttinnen, Rossebändiger, Masken, Pyramiden, Schnecken, Vasen, Urnen, Kränze ...

In diesen öden Prunkkolossen, diesen aus schlechtem Material errichteten Schandsäulen des kulturmörderischen Parvenutums ist der moderne Stadtmensch zu wohnen gezwungen. Denn diese also wüst ausstaffierten, würde- und schamlosen »Wertobjekte« bergen in ihren Molochbäuchen die Schande des neunzehnten Jahrhunderts (das zwanzigste rüstet bereits den Krieg): die Mietwohnung.[1]

Die Wohnungssuche der »Partei« ist ein Kapitel Seelennot, wie sich's kein Weltschmerz geträumt hat. Man vergegenwärtige sich nur die Situation: Ein Haushalt, bestehend aus Mann und Frau, Kindern und Dienstboten, will auf eine Frist von Jahren beherbergt sein. Er birgt in seinen vielen Köpfen Bedürfnisse, Wünsche, Sehnsucht. Ihm tritt der zur starrenden Phalanx geschlossene Feind entgegen: die Armee der Zinskasernen! Es heißt wohl oder übel kompromittieren. Gegen die Masse ist nichts auszurichten. Der Markt befiehlt herrisch. Ist er doch angeblich durch die Nachfrage gestaltet. Auch eine klägliche Erscheinung, diese in Hunderttausenden sich verkörpernde unbewusste Nachfrage. Denn tatsächlich entspricht ja mehr oder weniger das Angebot der Zeit an Wohnungsmöglichkeiten einem Begehren, zumindest einem Sichgefallenlassen. Die Mietwohnungsmisere ist leider mehr als ein ökonomischer, sie ist ein Kulturmissstand. Sie zeugt von dem entarteten Geschlecht. In unserer den materiellen Augenblicksgenüssen sich mit Leib und Seele überliefernden Zeit des sogenannten Fortschritts, dieser Zeit der Kaffeehaus- und Tingeltangel-»Erholung« des gebildeten Mittelstandes, der Zeit der Zeitungsklatschwissenschaft und des politischen Kuhhandels ist die auf die ordinärste Hui-Pfui-Eitelkeit spekulierende, von ästhetischen Banausen und skrupellosen Bauunternehmern gehandelte Wohnungsfrage nur ein Symptom unter tausend gleichwertigen, nur eine neben den andern prallen Eiterbeulen einer ganz verlogenen, selbstgefällig faulenden sozialen Ethik der halben, der Schein- und Untaten.

---

1   Vgl. meine Schrift: »Die Mietwohnung. Eine Kulturfrage.« 1906.

2. Die Situation

Das Schema der großstädtischen Mietwohnung ist starr. Sein völliger Mangel an Elastizität unterbindet jeden Versuch des formenden Eigenwillens. Nur Zerbrechen würde Wandel schaffen. Die ganze bestehende Anlage müsste fallen. Von Grund aus wäre neu – nur mit belehrtem Bewusstsein, klare Ziele vor Augen – zu bauen.

Das Schema aber ist dieses: Salon, Speisezimmer, Schlafzimmer, Kinderzimmer, Küche, Kammer, Vorzimmer, Klosett.

Ein »höherer« Typus: großer und kleiner Salon, Speise-, Schlaf-, Kinderzimmer usw.

»Herrschaftlicher«: an dasselbe Klischee gedankenlos noch ein bis drei Räume angefügt, zwei Klosetts, etwa zwei Dienerkammern, Badezimmer usw. (Es ist bezeichnend, dass auf dem Wohnungsmarkt erst »Herrschaften«, also ein Haushalt, der sich eine Jahreswohnung um einen Zins zwischen 3.000 und 6.000 Kronen = 2.550 bis 5.100 Mark erlauben kann, mit der Befriedigung des Reinlichkeitsbedürfnisses rechnen dürfen!)

Die Höhe des Stockwerkes bedingt eine Preisminderung um ein Viertel, ein Drittel, die Hälfte.

Nebenräume gibt es nicht. Der Partei werden eine Keller-, eine Bodenabteilung angewiesen; die Speisekammer ist eine dem Klosett verwandte Mausefalle (auch in seiner Nähe angebracht).

Die wichtigste Scheidung ist die in Vorder- und Hinterzimmer (natürlich ohne Rücksicht auf die Weltgegend): auf die Gasse hinaus liegen die »Repräsentationsräume«, hinten die Schlafzimmer.

Alle Zimmer sind gleich hoch. Jedes hat eine seiner Länge entsprechende, sonst ganz ohne Plan bestimmte Reihe von Fenstern. Die Eckzimmer sind natürlich wahre Glaskäfige; dagegen ist die an das Nachbarhaus stoßende fensterlose Schlusswand kein Grund für den Bauherrn, die Einteilung der Wohnräume zu modifizieren.

Für die Türen scheint das Prinzip zu gelten: Jede Wand erhält eine, die ausgenommen, aus der man durch eine Öffnung ins Freie träte oder fiele (doch gibt es ein Auskunftsmittel, auch die vierte Wand zu durchbrechen: man bringt einen Balkon an).

Ein Ofenlieferant hat seinerzeit so und so viele Ofen aufgestellt: Der verzweifelnde Blick des Besichtigers stößt sich in jedem Gemach an die, ach, so wohlbekannte gemeine Fabrikstype (grün, blau, braun, rosa, ocker; Stil: Mixtum-Kompositum aus den Exkrementen einer mit unverdauter »Historie« überfütterten »Dessin«speicherfantasie).

Das Vorzimmer der obligate finstre Gang; Gasröhrengehäuse, Elektrizitätszähler; der »Schmuck« die berüchtigten »Supraporten«: holzähnlich gestrichener Gipsbildnerunfug.

In allen Räumen knarrende (unterhöhlte) Parketten. Schmale Fensterbänke, da und dort etwa, hoch an der Wand, ein Ventilator (!) mit herabbaumelnder Zugkette.

An sonstigen neuzeitlichen »Errungenschaften« immerhin doch die unentbehrliche Wasserleitung, der Aufzug; in den »mit allem Komfort ausgestatteten« (unerschwinglich teuren) Jüngstbauten (mit »sezessionistischer« Stümperei an allen möglichen und unmöglichen Flächen) Vakuumkleaner und Luftheizung.

Entscheide dich, Mieter! Worauf es ankommt? Auf die beanspruchte Zimmerzahl. Wir haben alle Kategorien, wie du weißt. Der Firlefanz bleibt derselbe. Aber der arme Mieter, der zufällig ein Mensch von (unwahrscheinlichem) Geschmack ist, steht und kann sich nicht entschließen. Die Zumutung ist grass. Er wandert von Wohnung zu Wohnung, von Zimmer zu Zimmer. Immer ein nüchterner Korridor, zumeist stockfinster, immer die irgendwie »renaissance«-gekrönte Eingangstüre. Das dunkle Vorzimmer, die vielen Türen. Und die Zimmer: eins wie das andre, nur verschieden groß. Alle gleich blödsinnig hoch (Palastreminiszenz aus dem Stile-Atlas). Entsprechend hoch auch die Fenster. (Wie wundervoll war das breite, das gegliederte, das niedrige Fenster der guten alten Zeit!)

Der Mieter will die Schlafzimmer (er hat zwei Kinder) nach der Lichtseite. Unmöglich! Benützt er (in einer Fünfzimmerwohnung) zwei der Frontgemächer dazu, bleibt ihm eines, das, da hinten nur zwei einfenstrige schmale Räume vorhanden sind, Speisezimmer werden müsste, während abgetrennt davon das Besuchs- oder Arbeitszimmer, das Zimmer der Frau einzurichten wären. Unmöglich! Und so verlässt er kopfschüttelnd, mutlos schon eine »schöne Wohnung« nach der andern – über die kandelabergeschmückten, mit falschen Marmor-

wänden protzenden Stiegen, an Glasmalereifenstern vorüber aus Tur-
meshöhe zur sonneflimmernden Straße steigend.

3. Der Kompromiss

Was tut ein Mensch von Geschmack, der keine ihm zusagende Wohnung ermitteln kann? Angenommen zunächst, er hätte die an Räumen
(Anzahl, Verbindung) halbwegs entsprechende gefunden: Schlaf-,
Kinder-, Speise-, Arbeits- (Besuchs)-Zimmer. (Mäßige Ansprüche eines
bürgerlichen Haushalts vorausgesetzt.)

Was kann er nicht, was kann er reformieren? Er kann die Fenster,
die Türen nicht ändern, muss die Ofen stehen lassen. Er kann die
leidige Höhe der zu Wohnstätten umzuschaffenden Räume nicht ver-
ringern.

Er kann jedoch: die Supraporten entfernen, die Milchglasscheiben
mit ornamentalem Klimbim durch glatte ersetzen, Türen und Fenster
weiß streichen und lackieren, eventuell sogar sämtliche Klinken erneuern lassen (denn die glatte messingne Klinke ist ein nicht zu unter-
schätzendes ästhetisches Moment in dem auf das Warme, das Behag-
liche, das Liebliche zu stimmenden Gesamtbilde der Bürgerwohnung;
es ist einer der Krebsschäden dieser Bürgerwohnung, dass sie snobistisch auf das Dekorative »an sich« ausgeht; früher war's das Makart-
bukett, jetzt ist's der Vitrinenschwindel).

Den Aspekt des Raumes dominiert die Tapete. Man findet sie leider
meist vor. Da wird man sich eben einer hier sehr falsch angebrachten
Sparsamkeit zu begeben haben. Es ist nicht nur lax, es ist geradezu
ungesund, sich mit Missfälligem, nur weil es vorhanden ist, abzufinden.
Die Farbe der vier Wände – und das Wesen der Tapete ist ja die
Farbe – hat den größten Einfluss auf das Gemütsleben der Insassen.
Wie kann ein Mensch auf den Namen eines Kultivierten Anspruch
erheben, der es in einer etwa von goldenen Tulpen auf himmelblauem
Grunde gleißenden Umgebung aushält! (Wohlgemerkt: Es ist die Rede
von einer zum Geräte, zur Kleidung, zum Leben der Insassen nicht
stimmenden Wandbekleidung. Anderseits ist es gewiss möglich, dass
unsre goldenen Tulpen auf himmelblauem Grunde mit der Herrin
des koketten Boudoirs sehr wohl harmonieren.) Der bürgerlichen

Wohnung stehen einfache volle Farbentöne – grün, grau, blaugrau, gelbgrün, braungelb –, etwa schlicht gestreifte Muster am besten an. Und zu den »schmucklosen«, aber umso diskreter schmückenden Wänden passen leichte helle Fensterbehänge. Nicht haarige, staubsammelnde, sich zerknüllende Jute, sondern helle Mullgardinen sollen die Lichtöffnung, verschließbar, rahmen. Es muss bei Fenstervorhängen immer die Frage aufgeworfen werden: Was hat das Fenster zu beleuchten? Die meisten Leute schlagen blindlings ihre Haken ein und hängen die Vorhangstange daran auf. Man kann sich ein Zimmer auch ohne Fenstervorhang sehr wohnlich denken. Jedenfalls haben sie im Kinderzimmer ihre Herrschaftsansprüche erst zu legitimieren. Vorhänge sollen im Bedarfsfalle eine Lichtöffnung verdunkeln, daher muss man sie schließen können. Sie sind freilich auch bloß als schmückender Rahmen (Schals) anwendbar. Schmücken erfordert entschiedenes dekoratives Talent. (Es ist bezeichnend, dass fast alles »Schmückende« – Dekor – im bürgerlichen Mittelstandshaushalt an die Glasperlen der Insulaner gemahnt. Und wären's nur noch unschuldige Glasperlen!)

Fenster, Türen, Tapete (ein einfacher Anstrich – nebenbei gesagt, durchaus nicht immer wohlfeiler als eine normale Tapete – ist oft, zumal in den Schlafräumen vorzuziehen), das sind die Träger der Raumstimmung. Dem Fußboden, wenn er nicht als blanker Parkettenspiegel (der keineswegs überall hinpasst!) sich selbst genügt, hilft man durch Teppiche nach. Der Sinn für schöne Teppiche ist noch sehr rückständig. Der Teppich ist (unerreichbar bleibt das orientalische Vorbild) einem gedämpften Orchester zu vergleichen, das sich, begleitend, völlig unterordnet. Das Wesen des echten Teppichs ist Akkordweben ohne Anfang und Ende. Distinkte vom Fond abgehobene »Muster« sind bloß graduell vom figuralen Teppich (das aufwartende Hündchen und sonstiges Simplizissimus-reifes »Deutschtum«) verschieden: Sie erzwingen und ermüden die Aufmerksamkeit, während die Teppiche wie die Silbergeräte, die Blumen in einem geschmackvoll hergerichteten Raum sie durch Klänge einschläfern.

18

Die Wohnung

1. Das Elend der Mietwohnung

Niemals wohl war weniger als in der heutigen »Kulturepoche« oppor-
tunistisch-quietistisches Behagen am Platze. Niemals jedoch hat diese
dünnflüssige Weltanschauung ärger grassiert. Im Grund ist jedermann
mit sich und seinem Schatten ganz erbärmlich zufrieden. Man preist
allerwege dies und jenes, »weist hin«, verkündet, kommentiert. Kurz,
wir leben wieder einmal – von leidigen Nörglern abgesehen – in der
besten aller Welten. Ich kann dem nun durchaus nicht beipflichten.
Ich finde, ehrlich, geradeaus und breit darüber gesprochen, alles
schlecht. Ich finde unsre Erziehung falsch, nämlich wichtigtuerisch
und seicht, ich finde unsre öffentlichen Einrichtungen von allem eher
als vom öffentlichen Bedürfnis diktiert, ich sehe dieses öffentliche
Bedürfnis sich selbst belügen und mittlerweile die ganze sichtbare
Kultur, wo davon überhaupt noch etwas atemlos am Rande der Kluft
hängt, zugrundegehen. Ich sehe eine allgemeine Verflachung des
sinnlich-seelischen Empfindungslebens, höre in der Literatur und Pu-
blizistik schrillen Lärm, sehe die Sprache verderben, die Sitten verkümmern, das gesellschaftliche Wesen veröden. Ich höre alle Drähte vom
Fortschritt surren und konstatiere auf Schritt und Tritt nur Verfall
des Guten und Aufkommen des Frechen, des Falschen, des Halben,
des Leeren. Der Snobismus thront tyrannisch. Die Straßen werden
täglich ordinärer, die Theater täglich äußerlicher, der Bücher zwar
stündlich mehr, aber sie kommen einem manchmal, so vermehrt,
überhaupt belanglos vor; die organischen Trachten werden verdrängt,
blöde Moden wechseln, jeder Unsinn wirkt seuchenartig, und der
Phrasensud über all und jedes schwillt immer höher. Von Kultur –

---

1   Wenn diese Reihe selbstständiger Aufsätze auch manches in den vorher-
       gehenden Enthaltene wiederholen mag, es hat mir besser geschienen,
       sie als ein Ganzes hier abzudrucken als sie an die andern anzuschweißen.

die doch ein allgemeines Niveau der Lebenslage und -lagerung bedeutet – bemerke ich wahrlich nichts. Aber für »Erzieher«, Doktrinäre, Rabulisten, Laienprediger, mit einem Worte: Schwätzer ist immer noch Platz unter uns. Jeder Mensch »trägt« über jedes Ding »vor«, Revuen schießen geil ins Kraut, jeder Begriff wird zu einer »Frage«, was wieder angenehmen Anlass zu Befragungen bietet. (Selbst die Betätigung der Gliedmaßen ist auf dem Wege, Humbug zu werden.)

Und die Wirkung? Im besten Fall finden die Leute, die's angeht, die Sache, die Meinung »gut« und – wenn's darauf ankommt, sich danach einzurichten – die ihre auch gut. Es gibt aber kein Auch in der Frage: Gut oder schlecht. Nicht »auch« gut ist das Halbe, das »annähernd« Richtige, sondern schlecht. Leute, die Rat hören wollen, sollen nichts einwenden. Kein »Vorschlag zur Güte«. Wer nicht dafür ist, gelte als Feind der guten Sache. Die gute Sache – jede gute Sache – duldet kein Lavieren.

Unser Heim ist unser letzter heiliger Schlupfwinkel vor der Barbarei des Mitbürgertums. Wer in der Wahl und Gestaltung seines Heims fehlgreift, verdirbt wahrlich sein Leben. Alles ärgert uns: der Übermut der Ämter und der Lärm der öffentlichen Beförderungsmittel, die Verteuerung der Lebenshaltung und das Unwesen der Reklame, das geschändete Stadtbild und die erzwungene Lustigkeit der »Vergnügungsetablissements« (auch ein Terminus teutonicus!), die falsche Prüderie und die törichte Zote, Staub, Gestank, Bettelei und Bauernfang –: das Verlangen nach einer behaglichen, die Sinne beruhigenden Wohnung ist wahrhaftig Selbsterhaltungstrieb.

Aber auch hier lauert der Feind in der dreifachen Gestalt des Hausherrn, des Tapezierers, des Künstlers und betrügt uns um unser mühsam heimgeborgenes Quentchen an Lebensfreudemöglichkeit.

Der Hausherr besitzt Häuser, die er gern um teures Geld vermietet. Herstellungen sind ihm verhasst. Er will sein Anlagkapital gut verzinst sehen. Alles andre ist ihm gleichgültig oder lästig. Er bietet dem Wohnungsbedürfnis des Großstädters das dürre Schema seiner Mieträume, »ausgestattet mit allem Komfort der Neuzeit«, nämlich der Wasserleitung und der elektrischen Beleuchtungsanlage. Etwa noch Lift oder Luftheizung, Vakuumreiniger (dies bei märchenhaften Preisen). Der Aspekt der Wohnung ist nach der Devise »öder Prunk« gestaltet, d. h. Türen und Fenster überlebensgroß, (falsche) Stuckorgien auf dem Plafond, Parkettfußboden, Milchglas- oder reich verzierte Renaissancetüren, Ofenburgen, Tapeten mit viel Gold. Eigentlich gehörte in die Hand des Mieters ein Beil – nicht um damit den Hausherrn zu erschlagen (das wäre zwecklos), sondern um ein wenig Ordnung zu schaffen. Leider geht das nicht an, sondern man muss sich aufs Verhandeln legen. Man seufzt nach der herrlichen Kahlheit der vier Grundmauern. Stellte man doch getünchte Gevierte her! Aber da man denn einmal vorliebnehmen muss, trachtet man wenigstens zu mildern.

Alles Unechte wird – auf eigene Kosten selbstverständlich und gegen Gewähr der Wiederinstandsetzung – entfernt. Es geht mit einiger Geduld. Nur die Ofen widersetzen sich. Hätte man doch den Ofensetzer sein biederes Handwerk üben lassen! Der hätte glatte gute Kacheln geschichtet. Aber es gibt »Manufakturen«, »Niederlagen« ... Genug von diesen Mördergruben. Verstellen wir den Ofen, so gut es geht. Hoffentlich heizt er wenigstens, denn da die Zugluft überall durch Fenster- und Türspalten durchspielt, ist ein heizbarer Ofen ein Bedürfnis erster Ordnung. Nun den Anstreicher her und alle Türflächen und Fensterrahmen und -bretter (wie ärmlich eng sind sie!) glatt weiß gestrichen und lackiert. Kostet Geld, verlängert aber das Leben. Der erste Feind ist so ziemlich unschädlich gemacht; – er zuckt im Hintergrund die Achseln ...

Der Tapezierer. Der Gesamtbegriff deckt alle die ruchlose Tätigkeit, die man unter »fertiger Wohnungsausstattung« versteht. Der Tapezierer – damit ist ausgedrückt, was seit vierzig Jahren unser Elend heißt: falscher Glanz, staubbedeckter Firlefanz, geleimte Pracht, genagelte Vorhänge, gepresste Stoffe, alles »artige« (lederartig, Holzpapier), jeder Schwindel des bloß Äußerlichen. Vom Tapezierer datiert die schier unausrottbare Krankheit des »Salon«, der Blödsinn der historischen Speisesaaleinrichtung in der Wohnung des Steuereinnehmers und Viktualienhändlers, alles, was unpraktisch, ordinär und bald »hin« ist. Dem Tapezierer gebührt am Denkmal der neuzeitigen Afterbildung ein ganzes Geviert in Hochrelief.

Der Künstler. Die moderne Maske des Erbfeindes. Der Künstler tritt zu dem, der den Tapezierer hinausgeworfen hat, und bietet seine Dienste an. Er will »individuell« einrichten. Alles, was schon da ist, erfindet er. Alles, was gut ist, entfernt er, aus künstlerischem Prinzip.

Er komponiert immer Gesamteindrücke. Sein Materialienkasten enthält, was die Wilden ködert: Glas, Metall und bunte Farbstoffe. In jeden Kasten schneidet er einen Spiegel ein, jede Fläche erhält drei, vier Beschläge, alles Holz wird gebeizt. In der ganzen Wohnung verstreut er Bibelots. Wenn er weggegangen ist, spiegelt ihn noch jede Politur. Wer dem »Künstler« einmal die Hand gereicht hat, dem bleibt sie lange verrenkt. Vor seinen geschlossenen Augen wirbeln Farbenflecke einen Schlängeltanz, seine Kinder sieht er nur mehr als künstliches Spielzeug. Er denkt nichts mehr, ohne sich's vom Berater entwerfen zu lassen. Selbst die Bartbinde erhält ein schwarzweißes Würfelmuster. Der Mann geht elend zugrund an Gehirnarabesken.

2. Kultur der Wohnung

Wer, wie die Mehrzahl der Städter, mit einer Mietwohnung vorlieb-nehmen muss, sollte wenigstens der innern Ausstattung der mehr oder minder schematischen Räume alle Sorgfalt angedeihen lassen. Gerade in diesem Punkt findet man den durchschnittlichen Deutschen, der seiner intellektuellen Bildung jedes Opfer bringt, ganz merkwürdig genügsam. Ja, Menschen mit den weitestgehenden geistigen Ansprü-chen leben jahraus, jahrein, ohne es auch nur gewahr zu werden, ge-radezu in ästhetischer Barbarei. »Sage mir, wie du wohnst ...«

Die Ausrede, die einem kopfschüttelnden Betrachter des deutschen Einrichtungselends zumeist entgegnet wird, lautet: »Meine Mittel er-lauben es mir nicht.« Diese Ausrede ist in neunzig von hundert Fällen unaufrichtig. Die Mittel erlauben die Anschaffung des Konversations-lexikon, »reich illustrierter« Geschichtswerke, die man jahrelang in Heften bezieht, kaum aufschneidet, binden und – verstauben lässt, von Pflanzen- und Länderatlanten, sie erlauben das Abonnement der dem deutschen Haushalt unentbehrlichen Familienzeitschriften – vom alleinseligmachenden Tagblatt ganz abgesehen –: Warum sollten sie nicht auf ein für die Hygiene der Seele sicherlich ungleich wichtigeres »Bildungsmittel«, die allmählich fortschreitende solid einfache Ausstat-tung der Innenräume sich erstrecken? Aber es fehlt etwas ganz andres als die »Mittel«: das *Bedürfnis*! Und dieser Mangel ist ein beschämendes Zeichen rückständiger, falscher Kultur.

Kultur besteht nicht im Wissen, sie besteht vor allem nicht im oberflächlichen, enzyklopädischen Erraffen der Wissenschaften. *Kultur ist Harmonie der Lebensgestaltung.* Es steckt mehr Kultur in einer in bescheidenem Wohlstand lebenden Bauernschaft als in dem »gebildeten Mittelstand«, der bei uns Deutschen die sogenannte öffentliche Meinung vorstellt und so ziemlich in allen Fragen der Sozialpolitik, Wissenschaft, Kunst und Religion als sachverständig gilt. – Es klafft ein Abgrund zwischen der traditionellen Sitte des deutschen Adels und dem Interessenwirrwarr des Mittelstandes, es klafft ein Abgrund zwischen diesem Mittelstand und der ackerbautreibenden Einwohnerschaft des Flachlandes. Ich spreche nicht von sozialen Differenzen, sondern einzig und allein von der *Kultur der Lebensführung.* Mein Tadel richtet sich an die breite Masse der kleinen Besitzenden, die nach des Tages gleichförmiger Büro-, Kanzlei-, Ladenarbeit ihr geistiges Heil in der Zeitung, ihr leibliches am Stammtisch, ihr gesellschaftliches in trübseligem Vereinsleben sieht. Diese Klasse lebt in ästhetischer Öde. Und die Probe aufs Exempel ist die Misere der Wohnungsgestaltung.

Das Bild der deutschen Mittelstandswohnung kann nur als Groteske gezeichnet werden. Mit unfehlbarem Instinkt assimiliert sich der Hochzeitsausstattungskern ihrer Einrichtung alles Kleinliche, Hässliche, Ordinäre, was auf den Markt der Surrogatfabrikate gelangt. Die wenigen Stuben, in denen sich das Leben der meist mehrköpfigen Familie abspielt, sind überladen mit völlig wertlosem Plunder. Alles, was Brauchgeräte vorstellt, ist unpraktisch, alles was Ziergegenstand heißt, geschmacklos. Die »Kunst« dieses Hausstandes ist Schimpf und Schande. Von der gleichen Qualität ist die Kleidung der Inwohner. Das Tagtägliche ist wohlfeil und schlecht, das Außergewöhnliche minder wohlfeil und noch schlechter. Aber öffentliche Angelegenheiten jeglichen Kalibers sind die ständige ungelüftete Atmosphäre dieser grassen Rückständigkeit. Und vom Hausvater angefangen bis hinab zum Abc-Schützen, der seit den Säuglingszeiten nicht mehr regelmäßig gebadet worden ist, liest jedes Mitglied der Familie immer wieder etwas Gedrucktes.

Nochmals also: Mit der Ausrede von den mangelnden Mitteln ist es nichts. Am *Bedürfnis* liegt's, das nicht entwickelt ist oder in der Entwicklung verbildet wurde. Und *das Beispiel fehlt,* das erste, vorzüglichste, ja das einzige Element der Erziehung. Die deutsche Mittelschicht muss erst lernen, was sie zu wünschen hat im Wohnungsbild. Und dass sie es lerne, dazu bedarf sie der ästhetischen Erzieher. Es wird so viel bei uns von Erziehern geredet und geschrieben. Immer wieder aber ist der Endzweck »Bildung«. Und im Grunde läuft es auf allerlei nur allzu seichte Historie hinaus.

Leben soll der lebendige Mensch lernen, das ist das Wichtigste, und vor allem häuslich leben. Ein geselliges Leben im edlen Sinne großer Kulturepochen ist dem deutschen Bürger unbekannt. Die Gasthäuser und Turnvereine, die Wählerversammlungen und Radwettrennen sind keine Vehikel einer geselligen Organisation. Dem deutschen Bürgertum fehlt jede Möglichkeit zu leicht beweglichem Verkehr. Es gibt keine Feste, keine Volksheiligtümer mehr. Das Theater ist eine Krambude geworden, der Gottesdienst ein Privatissimum. Salons kennt die Mittelschicht nicht. Die Reit-, die Schießjagd, der Hochgebirge-, der Tennissport erfordern alle die Basis ganz anderer Gepflogenheiten, als sie der kleine Bürger ahnt. Er ist auf das Haus angewiesen. Werde ihm seine Wohnung sein Alles. Hier, wohin er die bescheidene Lebensgefährtin geführt hat, wo seine Kinder zur Welt kommen, hier mag er ausruhen vom eintönigen Sausen der großen Schwungräder des Gewerbes, des Handels, der Verwaltung, die er namenlos, eine kleine Schraube der Pflicht, bedient. Aber dieses Heim soll ihm wirklich das Labsal der Ruhe bringen, *seine Sinne besänftigen*.

In der grellen Orgie seines bisherigen Hausrates kann er nicht zur seligen Einkehr gelangen, die sein bestes irdisches Teil bleibt, an dem er aber sein Leben lang wie an vergrabenem Schatze vorbeilebt.

Ich möchte an einfachen Beispielen systematisch zeigen, wie ein schlichtes Hauswesen anmutig zu gestalten wäre.

Der vornehmste Raum des Hauses ist das Schlafgemach. Der Schlaf ist das unabweisliche Bedürfnis des tätigen Menschen. Er komme auf das Feierlichste zu seinem ewigen Rechte. Man wähle daher zum Schlafzimmer nicht einen engen, dunklen, sondern den größten verfügbaren Raum. Was braucht ein Schlafgemach? Licht und Luft. Daher sei es der Raum, dem genug Fenster zur Verfügung stehen. Man muss es rasch und leicht lüften können. Dass es vom Straßenlärm entfernt liege, ist wohl ein weit schwieriger zu erfüllendes Verlangen.

Was gehört ins Schlafgemach? Zwei Betten, zwei Nachtkasten, zwei Stühle, zwei Kasten. Was passt nicht hinein? Jedes Gerät, das dem

Zweck dieses Ruheraumes widerspricht; vor allem also kein Tisch, denn man hat hier weder zu essen noch zu schreiben.

Wenn man bei der Einrichtung der Wohnräume nur den Zweck im Auge behält, wird die Wahl der einzelnen Gegenstände sich von selbst regeln.

Soll das Schlafzimmer auch als Ankleideraum dienen (es ist das Ideal der Lebensgestaltung, dass das nicht der Fall sei), dann hat es die notwendigen Geräte zu enthalten, also etwa den Toilettetisch der Frau, den möglichst breitflächigen, zur Aufnahme von zwei großen Lavoirs tauglichen Waschtisch, die Kübel und Kannen. – Ein schlichtes Bild – Holzschnitt, Lithografie, Radierung, künstlerische Fotografie – schmückt die Wand zu Häupten der Betten. Reine weiße Gardinen, denen verschließbare, einfarbige Vorhänge zur Ergänzung dienen, zieren und schützen zugleich. Des Teppichs bedarf man hier nur als »Bettvorleger«. Dem Schlafraum soll jeder Staubfänger erspart bleiben.

Und wie sollen alle diese Geräte beschaffen sein? Einfach, d. i. glatt und reinlich. Wer sich hartes Holz zum Bettrahmen leisten kann oder Messinggestänge, ist bevorzugt. Aber auch weiches Holz, sorgfältig gestrichen (am schönsten weiß), gewährt einen schmucklos friedlichen Anblick. Alle Laden- und Türbeschläge seien aus Metall. Auch die Handtücher hängen besser über Metallstangen denn auf eignen (durch Stickereien verhunzten) Gestellen. Messing- oder vernickelte Haken kann man allüberall, wo danach Bedarf ist, einfügen. Kleiderständer sind eine wackelige Scheußlichkeit, Kleiderrechen meist kaum das Gegenteil.

Sonnenschein im hellen Gemach, ein paar Feldblumen in der schlanken Kristallvase: Wie friedlich beschaulich könnte, müsste dieses einfache Bild wirken! Aber da sind allerlei Ungetüme von Bettdecken vorhanden, die protzend miteinander um den Vorrang streiten. Warum nicht nur ein einfaches Pikeezeug, wenn schon nicht wirklich wertvolle Überschlagdecken erstanden werden können, deren ruhige Farben zur glatten Bemalung, zur einfarbigen (lichtgrauen, lichtgrünen) Tapete stimmen.

Es gibt im deutschen Lande Kannibalen, die sogenannte Tagesbetten aufbauen, Schaustücke für Besucheraugen (als ob ein Mensch von Takt, außer etwa bei Wöchnerinnenbesuchen, einen Dritten das Schlafzimmer betreten ließe!). Abends wird das Prunksal abgeräumt und die Liegestatt zur Nacht mit dem schmutzigen Überzug instand gesetzt – zur Benützung! Es sind das die bemitleidenswerten Familien, in denen die Mutter der Kinder tagüber im fettigen Schlafrock oder gar im Nachtkamisol umherschlurft. Und unter solchen abgründigen »Kultur«-verhältnissen soll eine schönheitschauende Generation heranreifen?

Vom Schlafzimmer, dem ein Badezimmer mit Wanne, Badeofen, Abflusswaschtisch und strohgeflochtenen Stühlen zur heilsamen Ergänzung dient, wenden wir uns zu den Tagstuben.

Auch ein kleiner Haushalt wird des Speisezimmers nicht entraten können. Freilich ist die Ausländern mehr als sonderbare Warnung vorauszuschicken, dass das Speisezimmer nicht als ein Nolimetangere betrachtet werden dürfe. Es ist leider keine allzu seltene Erscheinung, dass sich das Leben des »gebildeten« Mittelstandes im Schlafgemach abspielt, während das von den Schwiegereltern nach einer monumentalen Schablone abschreckend »nobel« beigestellte Speisezimmer für Besucher als Ehrfurchtschauer erweckender Prunkraum reserviert bleibt. Unter dem um Nachsicht flehenden Motto »Ersparnis des Heizmaterials« wird diesem die Wohnlichkeit versagt, während sich angesichts womöglich unaufgeräumter Betten die notwendige Fütterung des tagüber in dumpfiger Kanzleiluft qualmenden Familienoberhauptes vollzieht. In frierender Verlassenheit harrt das altdeutsche oder Renaissancespeisezimmer der im Jahre doch einige Mal sich einfindenden »Honoratioren«. Ein schändlicher Zustand!

Aber auch hier klafft der Abgrund der ästhetischen Bedürfnislosigkeit. Die Gattin des Steuereinnehmers wird sich keinen »Repräsentationsball« nehmen lassen, aber ansonsten geruhig ihr Troglodyten-Dasein, genannt intime Häuslichkeit, weiter fretten.

Einige Grundzüge für Bildsame: Los von der Schablone der »Einrichtung«. Ein Speisezimmer ist für die mittleren Schichten bisher ein totes Fixum gewesen. Es gilt Belebung durch Zerteilung des *Begriffes*. Was braucht eine Haushaltung, die sich zwischen vier Wänden zu Tische setzt?

Zunächst den Tisch. Nieder mit dem eingerosteten Aberglauben, dass er ein »historisches« Ungeheuer vorzustellen habe! Der Tisch ist das Gerät, um das man sich beim Essen versammelt. Am besten entspricht dem elastischen Platzbedürfnis die runde Form. Ihn umstellen

Stühle. Wichtig ist das Höhenverhältnis. Die Stühle sollen ein bequemes Sitzen ermöglichen. Die Tischplatte sei daher nicht lächerlich hoch, sondern zur Sitzfläche der Stühle in richtigem Abstand. Der Armlehnen bedarf es nicht, auch nicht der Polsterung. Wohl aber der Sitzbarkeit. Daher dürfen einerseits der Tisch, anderseits die Stühle nichts aufweisen, was sie verneint oder erschwert. Man muss die Stühle unter den Tisch heranziehen können. Das Steißbein soll nicht beim Platznehmen der Verletzung durch blödsinnige Knäufe, das Schienbein nicht dem Angriff scharfkantiger Latten ausgesetzt sein. Außer Gebrauch soll der Speisetisch seinen Zweck nicht verbergen. Eine Decke wird die Platte schützen. Eine Blumenvase schmückt die Decke.

Die Speisen werden von der Küche nicht unmittelbar auf den Tisch getragen. Die Magd wird sie irgendwo niederzusetzen gehalten sein (ein Servierbrett, auf dem die schwerlastenden Schüsseln durcheinanderschüttern, ist weder schön noch praktisch). Diesem Zweck dient die breite Platte eines überdies der Aufbewahrung der Glas-, Silber- und Porzellangeräte gewidmeten Kastens: das Büfett (reichlicher ausgestattete Speiseräume werden über ein Büfett, einen Anrichtetisch, einen Silberkasten verfügen). Auf diesem Büfett sind einzelne Geräte nicht als Schaustücke wie Reliquien ausgestellt, sondern sinngemäß (dem Gebrauch zur Hand) gereiht; man wird den Wasserkrug, die Kaffeekanne, die Zuckerdose nicht immer erst geschlossenen Gefachen entnehmen wollen; die Suppenterrine, die Tellerstöße sollen dagegen nach dem Gebrauch verwahrt werden.

Die Wände eines Speisezimmers mögen Bilder zieren. Aber um keinen Preis sei die Logik der Bilderbeschaffung diese (übliche): ins Speisezimmer gehören Bilder; gehen wir demnach zum Bilderhändler. Bilder stellen sich allmählich ein, man kauft sie nicht wie Bettwäsche. Lieber kein Bild als ein schlechtes. Der Schmuck, den ein Bild repräsentiert, besteht nicht in seiner bloßen unkritisch hingenommenen Existenz. Ein schönes Bild hängt man gern an die Wand: das ist der natürliche Gedankengang. Aber Reiche und Unbemittelte kaufen heute Bilder als »Begriff«, nicht als Individuen.

Der dritte wichtige Raum ist das Kinderzimmer. Es steht natürlich in Türverbindung mit der Schlafstube der Eltern. Seine Ansprüche sind vom Gesundheitsstandpunkt bedingt. Die Kinder sollen Ruhe haben, Ruhe vor den Erwachsenen. Abgeschlossenheit gegen den

Straßenlärm bleibt in der Großstadt und unter den mittelmäßigen Verhältnissen, die wir hier als Durchschnitt ansetzen, ein ideales Verlangen. Aber was an Luftzutritt, Luftwechsel möglich ist, soll beschafft werden. Und nicht der dunkelste Raum, sondern einer der hellsten, am liebsten der hellste werde den Kindern zugebilligt!

Im Kinderzimmer stehen die Betten der Insassen, das der Wärterin. Es ist schon ein – kaum zu vermeidender – Übelstand, dass eine erwachsene Person den Kleinen die einzuatmende Luft beschränke. Umso weniger Gelegenheit sei hier dem Staub geboten. Leichte, weiße Vorhänge, alles Kleingeräte (Staubfänger!) verschlossen, nicht mehr Teppiche als zum Belag des Bodens unbedingt vonnöten (vor Bett und Waschtisch, unter dem Arbeitstisch). Und Heiterkeit, Frische auch im Farbenton: weiß gestrichene Kasten, weiße Bettüberwürfe. Keine an unsichern Nägeln, Fall und Verletzung drohenden schweren Bilder, Uhren, Spiegel, zumal über den Lagerstätten.

Ist noch ein oder der andre Raum, wenn diese wichtigsten Bedürfnisse befriedigt sind, zu erübrigen, so wird er dem geselligen zunächst der Familienmitglieder selbst dienen: ein Wohn-, Sitz-, Verkehrs-, im weiteren Rahmen Besuchs-, Empfangszimmer, zugleich der Arbeitsraum des Familienvaters (während die Frau etwa in ein ihr verbleibendes Gelass, daraus sie die Kinderstube überblicken kann, ihre häusliche Erneuerungstätigkeit verlegt).

Der »Salon« ist völlig entbehrlich. Er ist eine größere Lebensbedingungen nachahmende Armseligkeit, ein krankhafter Auswuchs der Bürgerwohnung, im Grund ein Missverständnis. Dem Verkehrsbedürfnis genügt eine mit guten Sitzmöbeln, die sich behaglich um einen niedrigen, runden Tisch versammeln, versehene Stube: hier raucht, liest, spricht, schreibt man. Ein Salon ist der Ausdruck höherer, förmlicher Geselligkeit. Man steht in einem Salon. Daher ist er saalartig. Man vereinigt sich festlich in einem Salon. Darum sind seine Wände mit Licht und Pracht wiederholenden Spiegeln bedeckt. Er glänzt mit blanken Parketten, glitzert mit abends erstrahlenden Kronleuchtern. Und ein Salon verlangt nach der Vervielfältigung. Es gibt eigentlich keinen Salon, nur »Salons«, eine Flucht vornehmer Prunkräume. Was soll die Miniaturkopie, was das Fragment? In den meisten Bürgerwohnungen, die an einem Salon kranken, bleibt er auch jahrüber mit verhängten Möbeln verschlossen. Er ist ein kalter, ungemütlicher Raum. Die Kinder blicken voll Hochachtung hinein, die Hausfrau bewacht ihn argwöhnisch. Benutzt man ihn einmal, stellt sich gewöhnlich seine Überlebtheit heraus; denn ein Salon drückt in kleinen Verhältnissen eine vergängliche Mode aus. In großen Häusern sind die Salons die stattlichen Museen der Traditionen. Mag der reiche Emporkömmling sein Geld im »Stil« schwelgen lassen, der kleinere Bürger bedarf keiner repräsentierenden Aufbewahrungsstätte verbleichender Möbel. Er *lebt* in seinen wenigen Räumen durch sein ununterbrochenes Dasein in ihnen. Und eine kleine Wohnung soll nichts erzählen als von ihrem Bewohner. Der Salon des Kleinbürgers erzählt eine Lüge. Der Kolonialwarenhändler, der Gerichtsbeamte »empfängt« nicht, er sieht manchmal eine befreundete Familie bei sich zu Gast.

Möchten die Deutschen das Wesen ästhetischer Gastlichkeit lernen, möchten sie es nur *sehen* lernen! Statt ihrer »guten Stube«, darin allerlei protziger Kram modert, sollten sie lieber die lautlosen Vorgänge, die das häusliche Leben anmutig gestalten, ihrer Aufmerksamkeit würdigen. Ein nett gedeckter Tisch, eine rasch und geschickt bediente Tafel, ein zwangloses Verlassen des Speiseraumes: Das sind die Elemente, die zwei Dritteln der deutschen Haushalte zur *Lebensart* fehlen.

3. Der Salon

1

Etwas nachahmlich Deutsches – ein Gemisch aus unbewusster Geschmacklosigkeit, kleinbürgerlicher Selbstgefälligkeit, Ordnungssinn bei bescheidenem Wohlstand, reinlicher Pedanterie, armseliger Wichtigtuerei, Kindlichkeit und kurzatmigem Snobismus, arglosem Pharisäertum und Bonhomie, Pietät, Autoritätsglauben, Tradition, Schwerfälligkeit, Nüchternheit – steigt wie ein etwas fader Geruch aus dem so rationellen Wort »gute Stube«. Die gute Stube ist das Sanktuarium der »züchtigen Hausfrau«, das sichtbare Zeichen ihrer im Entwicklungsgange »Das Weib als Jungfrau, Gattin und Mutter« endgültig erreichten (und sich mit Überzeugung verflachenden) Gipfelstellung.

1   Die kleine Abhandlung nimmt einen Abschnitt des vorhergehenden Aufsatzes verbreiternd wieder auf.

Die gute Stube wird mit aufopfernder Hingebung gepflegt und (für die unausbleiblichen Motten) erhalten. In diesem Feiertags- und (nur selten enthüllten) Prunkraum gelangt im Laufe der nicht allzu »pfeilgeschwind fliehenden« Jahre alles, was dem Hausrat an überflüssigem Schmuckkram von lieblos schenkender Hand hinzugefügt wird, zu rührend unzusammenhängender Aufstellung; hier stehen die »Girandolen« aus Bronze oder Gusseisen, die »realistisch« lackierten Majolika- und Porzellantiere, prangen die »Flinserl«tücher und Spitzenbehänge, »träumen« die »venezianischen« und die an verplüschte Sockel gefügten Standspiegel, verkümmern die »vornehm das Gemach verdunkelnden« Palmen.

Das trübselige Zimmer soll den Besuchsraum vorstellen. Nach deutscher Kleinbürgerauffassung ist ein Besuch etwas Feierliches, irgendwie vom Alltag zu Unterscheidendes. Ein Besuch: man kennt das Provinzschema. »Herr und Frau« statten an einem Sonntagvormittag »Herrn und Frau« ihre »Visite« ab. Das Ereignis ist meist keine Überraschung. Man ist vorbereitet. Man empfängt. Etwas Kläglicheres ist kaum denkbar als diese wechselseitig mit Ernst, ja Würde aufrechterhaltene Komödie der »Aufwartung«. Das Lächerliche steckt, wie immer, im Kontrast. Kleine Häuslichkeit, plötzlich in Repräsentation erstarrend; unsichere Gebarung, die wie ein verrosteter Mechanismus ächzend in Funktion tritt. Wo anders als in einer sonst gänzlich zwecklosen Prunkstube, dem gebührenden Milieu, kann sich solches Krähwinkeltum abspielen? Der Unsinn, der darin liegt, dass Menschen mit bescheidensten Lebensgewohnheiten einander, vom Quartalswahn gepackt, zeitweils, notwendigerweise unzulänglich, »Welt« vorspielen, der größere Unsinn, dass dieser Fiktion, mit Hintansetzung der dringendsten Bedürfnisse, ein eigener Raum gewidmet wird, gewidmet werden muss, fordert die Karikatur heraus.

Die bürgerliche Wohnung, die, des Badezimmers entratend, den »Salon« nicht entbehren zu können sich erdreistet, ist ein symptomatisches Merkmal unserer horrenden Unkultur.

Der »Salon« als Prunkraum stammt aus repräsentativen historischen Epochen. (Und niemals wird die »Welt« seiner entraten können.) Er verlangt, wie Shakespeares Rosenkranz im Güldenstern, seine Fortsetzung in einer Reihe gleichgearteter Räume. Nur das »große Haus« darf sich »Salons« erlauben, das große Haus, das heißt eine in Verhältnissen sich darstellende Haushaltung, die sich weit über die auch wohlsituierter Bürger erhebt. Die bürgerliche Wohnung bedarf keiner »guten« Stube: Alle ihre Stuben seien gut, d. h. zweckentsprechend. Die bürgerliche Wohnung umfasst eine Familie, die essen und schlafen und sich manchmal auch im geselligen Kreise vergnügen will; Arbeitsräume (des Familienvorstandes, lernender Kinder), die »Kemenate« der Hausfrau erweitern angenehm ihr Schema. Mit »Salons« hat sie nichts zu schaffen. Und »der« Salon ist eine Lächerlichkeit. Nicht als redete ich einem Schildkrötendasein das Wort. Ausdrücklich sei auf das schätzbare Bedürfnis nach geselligen Zusammenkünften im Hause (nicht im Gasthause!) hingewiesen. Aber diesem billigerweise zu pflegenden Bedürfnisse dient kein Salon; es begnügt sich mit einem Verkehrsraum, der, sei er nun als Arbeits- oder Rauch- oder Lese- oder Musikzimmer charakterisiert (charakterisiert nicht nach einem Klischee, sondern nach persönlicher Neigung und Gewohnheit!), dem Salongepräge in weitem Bogen ausweicht. Die bürgerliche Geselligkeit beginnt am Speisetische (mögen sich – größere Verhältnisse angenommen – die anlangenden Gäste in einem kleinen Vor- und Empfangsraum, den ein paar gute Bilder und Kunstgegenstände diskret schmücken, versammeln), sie setzt sich in einem Rauch- und Sitzzimmer fort, wo man in zwangloser Gruppierung – am besten wohl um einen breitflächigen, runden, niedrigen Tisch – bei Nachtischgetränken weiter plaudert. Es ist ein Unding, diese bequeme Konversation plötzlich aus dem warmen Essraum in ein steifes Repräsentationsgemach zu verlegen, dessen Marmortische und goldgestelzte Stühlchen nur Zwang und Unbehagen schaffen. Man kennt den Typus solcher Salonunterhaltung in bürgerlichen Häusern: Die Herren stehen gelangweilt herum, die Frauen sitzen um den mit Prachtwerken beladenen Empiretisch in hoch- und geradelehnigen kurzfüßigen Atlasfauteuils und sprechen über Kinder und Dienstboten. Endlich verkündet die schwere bronzene Kunstgruppenuhr vor dem bis zur Decke aufreichenden Spiegel die obligate (späte) Aufbruchstunde. Nachher kehren die Dienstmädchen von »Schillers Glocke« (»mit Illustrationen erster deutscher Künstler«) und Hammerlings »König von Zion« die Zigarrenasche ab, und die Hausfrau beklagt die feuchten Randspuren der Gläser auf den gestickten Tischdecken.

Ganz anders die Bestimmung des wirklichen (wie gesagt, sich in Brüdern fortsetzenden) Salons der Paläste und intimen Hotels. Hier versammelt sich, einzeln angemeldet zumeist, eine durch Rang und Namen auf die gesellschaftliche Schaustellung gewiesene Gesellschaft, man plaudert in Gruppen, Diener servieren auf silberner Platte den Tee, den man stehend schlürft. In solchen Salons wird wohl auch ein Ballfest abgehalten.

Zum Salon gehört eine Art von gesellschaftlicher Bewegung und Bewegungsfreiheit, die bürgerlichen Kreisen von vornherein nicht ansteht. Es ist im Grund eine Raumfrage. Man wandelt in Salons umher, man sitzt nicht anders denn auf kurze Fristen gelegentlich nieder. Diese Art von Geselligkeit kennt das bürgerliche Haus nicht. Wozu also der Prunkraum?

Das Absurdeste aber an der Sache ist der »historische« Charakter dieser Schaustube. Die Salons der großen Häuser haben ein historisches Gepräge, weil sie historisch sind; wie das Gebäude ist seine Einrichtung in ihren wesentlichen Zügen Erbstück. Es stände alten Palästen und Schlössern schlecht an, sich nach bürgerlichem Zuschnitt zu verjüngen. Aber eher noch lässt sich eine solche organische Evolution rechtfertigen als das nicht einmal als Parvenütum mitleidig zu tolerierende sinnlose Pfropfen, wie es die Angliederung eines Salons an den Körper der bürgerlichen Bedürfniswohnung vorstellt.

Das Rokokoboudoir der Mätresse hat Sinn, denn seine Insassin ist selbst ein Stück »Historie«, ein Luxusobjekt, und wie man den Papagei im stereotypen Messinggestänge verwahrt, wird die Femme entretenue in einem Milieu behaust, das ihrem Charakter (nach generalisierender Anschauung) gemäß ist.

Stil ist Gemäßheit, wechselseitiges Tragen und Getragenwerden, Einheit.

Die bürgerliche Wohnung jedoch, die an einen Speise-, einen Schlafraum, eine Küche samt Dienstbotenkammer den »Salon« schweißt, ist eine Stillosigkeit, atmet Barbarei.

Ich habe den Salon als symptomatisch bezeichnet für unsere kulturverlassene Zeit. Es ist die Epoche des heraufgestiegenen und sich alsbald auch breit hinlagernden Bürgertums, die der Salon bezeichnet. Noch die Wohnung der zwanziger und dreißiger Jahre des vorigen Jahrhunderts kennt ihn nicht. Man irrt, wenn man die jener wunderbar harmonischen Häuslichkeit wesentlichen Stilelemente als Salonmotive anspricht. Weil man heute den Salon (zumeist) nicht mehr im Geschmack Louis XV. oder XVI., sondern »Empire« oder »Directoire« herstellt, vermeint man, diese (letzten historischen) Epochen hätten den Salon »an sich« besessen. Der Irrtum ist ein Fehler in der Perspektive.

Zunächst unterscheide man zwischen dem Empire, dem an »klassischen« Ressentiments, speziell römischen Reminiszenzen, genährten eklektischen napoleonischen Prachtgeschmack, und dem vorzüglich deutschtümlichen Biedermeierstil einer fast um ein Menschenalter jüngeren Periode. Es ist sehr richtig, dass die künstlerische Heimausstattungsbewegung an den Biedermeierton anknüpft: Hier hat die organische bürgerliche Tradition abgerissen. Alles, was zwischen Biedermeier und der »Moderne« liegt, ist Wirrwarr. Mit dem Auftreten des Fabrikantentums als Stand beginnt der grasse Unfug, der im Verfolg den Salon des Kleinbürgerwohnungsschemas gezeugt hat.

Die Biedermeierwohnung hatte an Rang einander gleich gestellte Stuben. Das Kanapee, die Kommode, der Rundspiegel, alles kehrt in allen Räumen wieder. (Man vergegenwärtige sich die Häuslichkeit der Goethe, Schwind, Bauernfeld, um klar zu sehen.) Dieser Epoche ist keineswegs das Postulat des Gesellschaftspferchs bekannt. Man bewegt sich gesellig frei in mehreren relativ kleinen Stuben. Erst die mit der falschen Konvention und dem Geldbeutel rational (nicht rationell) kombinierende und kompromittierende unorganische Häuslichkeit des entwurzelten oder überhaupt ahnenlosen Bourgeois (der mit dem Bürger von damals nichts gemein hat) hat das dürre Schema erfunden, das seither allüberall gewerkelt wird. Die Miethäuser, diese Zerstörer der intimen Häuslichkeit, haben es in rasenden Schwung gebracht. Denn der Unterschied zwischen früher und jetzt ist, scharf gefasst, darin zu suchen, dass man einst vom Gewerbe zum Hausstand, d. i. im weiteren Verlauf zum eigenen Häuschen zu gelangen trachtete, während man jetzt (seit mehr als 50 Jahren) mit dem von Wohnungsverschleißern Gebotenen vorlieb nimmt. Die Hausbesitzer aber (sehr unähnlich den Patriziern von anno dazumal, die aus der Bezeichnung noch keinen Beruf gemacht hatten) füllen ihren Rahmen bis zum Zerspringen mit dem unelastischen Klischee der Mittelstandswohnung, darin als Hauptstück der Salon fungiert. Und Tapezierer und mechanische Tischlereien bieten dem falschen »Bedürfnisse« einer immer wieder aus dem Chaos emporgewirbelten »Bildungs«klasse ihre Ausstattungsnummern.

Zerstörung der *Kultur* ist die Marke unsrer an vergeudeten *Zivilisations*-Bedingungen überreichen Gegenwart. Der kleine Mann, der sich im kleinsten Laden mit den Erzeugnissen einer wüsten Surrogatwirtschaft bedient sieht, glaubt sich dem auf breitester Traditionsgrundlage seinen Besitz *erwerbenden* Erben um seine ganze Parvenülänge zu nähern, wenn er die äußern Zeichen (oft nur die letzten Zierraten) seines sich nur als Masse, als Ganzes bestätigenden Besitztums kopierend usurpiert. Und jedermann will, und sei es auch in der bescheidensten Art, nach außen hin auf den Nachbar wirken.

Die ungelüftete »gute Stube« mit ihren den gepressten Samt der Möbel hütenden Überzügen und dem wandhohen Spiegel, vor dem die Viktualienhändlersgattin die neue »Toilette« seidenrauschend spazieren führt, ist das grauenhafte Symbol eines Kulturdebacles.

4. Das Sitzzimmer

Das Sitzzimmer tritt in der bürgerlichen Wohnung das Erbe des Salons an. Der neue Stil stammt aus England.

Die englische Geselligkeit der Mittelklassen spielt im drawing room, dem Verkehrs- oder Plauderzimmer. In Deutschland hatte man gern am Speisetisch verweilt. Nur die feierlichere Geselligkeit wanderte nach dem Mahle in den Salon hinüber. Der gemütliche Kreis blieb um den abgeräumten (nicht abgedeckten) Tisch beisammen. Der Engländer erhebt sich vom dinner. Der Deutsche trinkt weiter. Das zweite Frühstück ist dem Engländer etwas rasch zu Erledigendes. Das »Mittag«-Mahl (um 7 Uhr) dehnt er, im abendlichen Anzug, durch eine Reihe von obligaten Gerichten in die Länge. Der Deutsche teilt den Tag nicht so scharf in zwei ungleiche Teile. Er isst wirklich zu Mittag, zwischen zwölf und ein Uhr. Das Abendbrot nimmt er gern in Gesellschaft. Seit zwei Menschenaltern ist das französische Restaurationswesen beliebt. Man geht ins Gasthaus. Der Engländer bleibt zu Hause. Seit jeher. Sein häusliches Bedürfnis hat längst den vorzüglich häuslichen Raum geschaffen, ja, sein ganzes Haus trägt ihm Rechnung (die bewohnbare geheizte hall). Erst nach dem dinner sucht der Vermögliche einen Klub auf, während der »gesellige« Deutsche vom Gasthaus in das Kaffeehaus (eine österreichische Besonderheit, die ihre Art sehr verwandelt hat) übersiedelt.

Die englische Einrichtung (Möbelstil) hat eine kleine Revolution in die deutsche Geselligkeit gebracht. Seitdem er sich in sein englisches Sitzzimmer eingelebt hat, bleibt auch der Deutsche lieber zu Hause.

Von etwa 1890 an beginnt bei uns das Sitzzimmer seine immerhin wohltätige Wirksamkeit auszuüben. Um 1900 hatte man sich allenthalben in den besseren Ständen neu eingerichtet. Englisch war die erste Losung. Später erst kam der neudeutsche Stil auf, der den Künstler in der deutschen Mittelstandwohnung zum Wort gelangen ließ. Der Snobismus plapperte hinein. Es ist eine Übergangszeit. Man hat nunmehr, an die abgerissene Tradition anknüpfend, den Biedermeierstil als das Bürgerlich-Gemütliche wieder entdeckt. Die Klub-»Note« weicht der Alt-Wien-, Alt-Hamburg-Mode. Und krampfhaft regt sich das Individualisierungsstreben. Typisch dafür ist das aus Stückwerk sich erbauende Sitzzimmer. Leute, die es nicht fertig vom Möbeltischler ankaufen und in den dazu bestimmten Raum stellen (Vorliebe für eingebaute Möbel), versuchen zu komponieren. Meist wohl ohne kontrapunktische Fähigkeiten, vag dilettierend.

Betrachten wir ein typisches Sitzzimmer. Ein runder Tisch versammelt tiefe Leder-Fauteuils um seine breite Fläche. Die Lampe (Messing), die über ihm hängt, schafft eine Ecke. Man weicht der Zimmermitte aus. Nun sind allerlei Reste da aus »historischen« Stilgemächern. Man hilft mit den so schön Stimmung, Tiefe, Grund schaffenden orientalischen Teppichen, mit einfach gerahmten, an Schnüren statt an Nägeln befestigten Bildern, mit verglasten Regalen nach. Der Möbelantiquar kommt mehr und mehr zur Macht. Man kauft »alte Sachen«. Aber das Klavier steht da und lässt sich nicht stören. Man verhüllt seinen mächtigen Rücken und schafft daraus eine Ablagestätte für Bibelots. Ziergefäße mehr oder minder fragwürdiger Existenzberechtigung marschieren auf. Silber, Kupfer, Kaiserzinn und Messing (Beschläge) werden beschafft.

Aber deutsche Pietät macht sich auf Schritt und Tritt hinderlich bemerkbar. Echte Pietät schont und wahrt Traditionelles. Falsche Pietät hält wahllos am Besitz fest. Die elende Amateurarbeit behauptet den vorlängst angewiesenen Ehrenplatz. Die Geschenke (Bilder, Bronzen, Polster) dürfen nicht angetastet werden. So wird das Sitzzimmer zum Magazin. War der Salon eine kalte, ist es eine warme (belebte) Ungemäßheit. Den Salon hatte man kaum betreten. Im Sitzzimmer verkehrt man. Aber noch kann man sich nicht von Verkehrshindernissen trennen. Und schrecklich sind die geschmeichelten Versuche, durch einzelne neue Stücke nachzuhelfen. Da wird ein schlechter Teppich an die Wand genagelt, dort um einen glasierten Ofen das steife Schaugestelle einer unbenützten Bank gerüstet. Ein wohlfeiler Schrank wird protzig mit sinnlosem Beschläge montiert, ein Großvaterstuhl zu wilder Ehe mit einem Filigrantischchen gekoppelt. So schafft man »Stimmung«. Und während früher die Prachtwerke ihre verbleichenden Goldbuchstaben räkelten, baut man jetzt aus zierlichen »Liebhaber«-Ausgaben künstliche Unbefangenheiten, verstreut sezessionistische Falzbeine und plündert alte Bücher nach »mahagoniartig« zu rahmenden Kupfer- und Stahlstichen. Und immer wieder schwätzt der Snobismus breitmäulig von »Entwicklung«, wo leere Laune tändelt.

Vandalismus

Wenn man durch die Straßen der modernen Großstadt wandelt –
aber wer von uns hat Zeit und Lust, zu »wandeln« (auch ein Symptom
unwiederbringlichen Verlustes an geruhigem Lebensrhythmus!) –,
fragt man sich unwillkürlich schaudernd, wohin das geradezu wahn-
witzige Bauen führen solle. Wenn das so fort geht, werden wir in
fünfzig Jahren kaum mehr ein einsames Wahrzeichen verschollener
Baukultur besitzen. Eine Orgie der Barbarei tut sich vor dem verwun-
derten Blicke auf. Würde eine der »zielbewusst« aufgebauten Städte
heute vom Aschenregen eines ästhetischen Vesuv begraben und
tauchte nach Jahrhunderten, wie einst Pompeji, aus der bewahrenden
Hülle wieder auf, der Beschreiber dieser Ausgrabung müsste verzeich-
nen: Damals, da diese vor unsern staunenden Blicken sich erneuernde
Stadt am Leben war, scheint in den Bewohnern der Sinn für Einheit,
Ebenmaß, Würde, Kraft, Reiz durch irgendeine psychologisch sicherlich
nicht uninteressante Bewusstseinsseuche völlig ausgetilgt, das, was wir
Geschmack nennen, bis auf seine letzten Wurzelenden ausgerottet
gewesen zu sein; wir stehen vor den unwiderleglichen Beweisstücken
einer wahren Hottentottenunkultur.

Das Traurigste an der Tatsache, dass wir Mittel- und Nordeuropäer
mit Riesenschritten in eine Epoche des kulturellen Niederganges blind
hineinstürmen, ist aber die Erwägung, dass wirklich nur eine Schar
mildtätiger Feuerberge uns vom Übel erlösen könnte. Denn wie denkt
sich der Sanguiniker, der an eine wohltätige Wandlung in den
scheinbar verschrumpften Gehirnzellen »für Auffassung des Schönen«
etwa noch glaubt, die tatsächliche Umwandlung unsres Stadtbildes?
Man kann doch nicht den Eigentümern der Negerpaläste, die uns auf
Schritt und Tritt, sich wie scheußliche Pilze im Sumpfterrain unsrer
Bauzustände vermehrend, entgegenblicken, man kann den mit ihrem
Geld hier engagierten Eigentümern – den Tag der großen Erleuchtung
angenommen – doch nicht von heut auf morgen zumuten, das alles
wieder abzubrechen und aus uneigennütziger Freude an ihrer edleren
Einsicht in trefflicher Gestalt neu zu errichten?

Zweierlei aber ist nicht außer allem Bereich der Möglichkeit. Erstens:
der gedankenlosen Bauwut, die aus dem Weichbild der Städte längst,

ein geschwollener Giftmolch, sich ins anmutige Gelände hinausgewunden hat und die landschaftliche Umgebung unserer Städte zu verheeren droht, Einhalt zu tun: »Bleibt stehen und seht euch um!«. Zweitens: die Erhaltung, die Rettung des gediegenen Bestandes. Ließe sich der »historischen« Denkmälern zugewandte Konservierungseifer nicht ausdehnen? Ist ein schönes, in edlen Akkordverhältnissen gebautes Bürgerhaus nicht auch ein würdiges Objekt des einsichtigen Konservativismus?

Und eine Anmerkung: Ist die Verbreiterung unsrer Straßen, der gerühmte »Straßenzug«, denn eine so um jeden Preis zu verteidigende Errungenschaft? Luft und Licht. Eine verlockende Devise. Wird man sie aber in den Straßen der Stadt suchen? Ist dieses zehnfach gefälschte Licht, ist dieser verpestete Atem der Großstadt ein Gut, dem man die architektonische Schönheit, Labsal der Sinne, unbedingt opfern muss? Und haben wir Mitteleuropäer, deren sozialer Mittelschicht – von den Enterbten zu geschweigen – das Badezimmer noch immer ein Luxusraum, das Klosett ein notwendiges Übel dünken, ein Recht der Betonung von hygienischen Faktoren, die betont werden, wie von den Mandarinen Goethe betont wird, wenn Julius Wolf gemeint ist?

Die Kunst-Seuche

1. Das Chaos

Du musst es dreimal sagen ...
(Mephistopheles)

Man muss es aber mehr als dreimal, immer wieder muss man's sagen: Die Industrie hat die Kultur erwürgt. Den »Fortschritt« vom Schuster zum Schuhfabrikanten hat die Menschheit mit der Verschlechterung des Schuhwerks teuer am eignen Leibe bezahlt. Und so tritt allüberall an die Stelle tüchtiger persönlicher Leistung das anonyme Produkt des »Herstellungsprozesses«. Das schändlichste Kapitel in dieser Epopöe des Jahrhundertjammers heißt: Kunstindustrie. Hohn schon im Namen, der seiner selbst spottet. Und das Werk? Eine traurige Parodie seliger Zeiten, da Kunst, größte Kunst, alltäglich war. Kunst in Masse für die Masse! Eine Sintflut nur vermöchte dem Unheil abzuhelfen. Denn hier kann keine noch so künstlerische Erziehung sich's zutrauen, auch nur Wandel zu schaffen. Die Bessern wissen's ja und geben's den Bessern weiter. Wer aber rettet sie selbst vor den Leiden der Mitbürgerschaft, des Zeitgenossentums? Die Kunstindustrie, verstößt man sie mit einem Fußtritt aus seinem Heim, drängt sich einem gleich vor der Tür wieder auf. Sie grassiert ja allenthalben. Denkmäler (wir hinterlassen die Schande kommenden Geschlechtern!) und Portale, Kandelaber und Plakate, Schaufenster, Markthallen, Theater und Speisehäuser, Parlaments- und Vereinsgebäude, Vortragssäle, Arbeiterheime, alles speit dir grinsend Kunst entgegen. Das Bedürfnis nach diesem ordinären Firlefanz der Säulen, Masken, Urnen und Köpfe, Glas-, Wand- und Holzbesudelung, der Arabesken, Quasten, Zacken, Knäufe, der Friese, Reliefs und Bekrönungen ist zur unantastbaren Konvention geworden. Wie man jetzt löblicher-, aber wohl vergeblicherweise versucht, dem Schundroman den braven Wechselbalg gesunder Volkslektüre heimlich-wohltätig unterzuschieben, so hat ein emsiges Geschlecht von sehnsüchtigen und humanen Künstlern sich längst bemüht, jenem Bedürfnis, zunächst unerkannt, durch echte Gabe leise (und nachgerade etwas lauter schon) entgegenzukommen. Umsonst. Ich habe jüngst ein Tapetenmusterbuch einer ersten Wiener Firma durchgeblättert. Entsetzlich! Unter den Hunderten von Vorlagen habe ich eine einzige geschmackvolle, in Ton und Stimmung gefällige gefunden.[1] Die Industrie schafft unentwegt den Unrat, darin die bürgerliche Welt behaglich sinnlos weiterwatet. Sie »adaptiert« eine »neue« Nummer, das ist alles. Und was sie an Anregungen übernimmt, wird ihr bald ähnlich: gemein. Man denke nur – eine Gänsehaut! – an die »Galanteriewaren«. (Ein Athener, auferstanden, vor dem Schaufenster einer Galanteriewarenhandlung oder eines Bazarausverkaufs!!)

Tritt ein in irgendein Haus. Sieh dich um. Im Treppenraum beginnt's. »Kunst« bedroht dich sofort. Klinken, Geländer, Fenster, Lampen, der Aufzugkasten, Türaufsätze, Briefkästchen, Visitenkartenrähmchen, alles miaut und grölt Kunst. Und innerhalb der Wohnungen: wie wird dir vor diesem ekeln Kunstaussatz? Tapeten, Vorhänge, Tischdecken, Teppiche, Geschirr, Polster, Vasen, die Möbel selbst, jedwedes, das kleinste Gerät: Es wimmelt von getriebenen und geätzten, gewebten und gedruckten, geklebten und genagelten Zierraten. Versuch nur in einer Niederlage elektrischer Beleuchtungskörper eine Anzahl glatter, bescheidener Stücke aufzutreiben; dir beim Silberhändler eine vornehm-schlicht wirkende Toilettetischgarnitur vorlegen zu lassen; beim Papierhändler einen *einfachen* Wandkalender. Du hörst es immer wieder: »Die Dinge werden nicht verlangt.« Und anderseits beim scheußlichsten Gemächte: »Hier, bitte, wäre etwas ganz Neues: Sezession.«

Der Gasarm im Vorzimmer, das Waschbecken, der Ofen, die Briefwage, der Markenbefeuchter, das Notenpult, der Lampenzylinderdeckel: Alles ist von schnöder Kunst verderbt. Ich trete in ein einsames Bergwirtshaus. Was beleidigt sofort mein im heiligen Wald von triefender Großstadthässlichkeit gereinigtes Auge? Eine bronzierte Gipsgruppe in Relief, ein Öldruck, eine Renaissancehängelampe, ein Zündholzständer »Betendes Kind«, ein zweiter, zugleich Schulvereins-

---

1 Heute – 15. Oktober 1909, zwei Jahre nachdem ich dies niedergeschrieben hatte – genau dasselbe Erlebnis, nur potenziert: Ich habe *kein* annehmbares Muster gefunden!

sammelbüchse, aus buntlackiertem Blech. Die Kinder aber spielen mit einer Badepuppe aus Zelluloid ...

Setz dich zu Tisch in einem unsrer großen Hotels. Prunkt's nicht um dich von Draperien, Gold und Kristall? Alles halb und falsch und gleißend, zu früher Schäbigkeit verurteilt.

Und glaubet nicht, dass ich, ein für Wandel und Renaissance, Aufschwung und neue Ziele Blinder, von einer kaum verwundnen Zeit der Plüsch-Prachtalbums, der Gold-, Brokat- und Damastprotzerei einer bauchblähenden Karyathidenepoche spreche! Gegenwärtiges schau' ich schaudernd.

Ich sehe nur ein *Chaos*, kann einen assyrischen Tempel mit harfenschlagenden, wurmartig sich windenden Jungfrauen auf den gekalkten Wänden neben und gegenüber schmutziggelben Zinsmonstren nicht um ein Quentchen geschmackvoller finden. Nur Snobismus wird so im gern tändelnden Publikum gezüchtet, und im Grund ist es artistische Spielerei eines einzelnen.

Und bei alldem Grausen des Schmuck- und Kunstunfugs zu denken, dass Adalbert Stifter im »Nachsommer« seitenlang sinnvoll edle Geräte seiner Zeit, der fünfziger Jahre, beschreibt! Vinetaklänge!

2. Das Ornament

Wenn sich der nachdenkliche Zeitgenosse, den die heute wuchernde Kultur des Sichtbaren tief verdrießt, ja traurig macht, ernstlich befragt, woran es liege, dass die Welt, soweit sie Menschenwerk ist, gar so hässlich und peinlich geworden sei, wird ihm, sofern er helle Augen und einige Anlagen zur Freude am Schönen besitzt, die Antwort werden: Der böse Feind ist das Ornament.

Wohin immer man blickt, grinst es einem entgegen: an Beleuchtungskörpern (ein niedliches Wort!), über Portalen, an jeglichem Gerät in öffentlichen und häuslichen Stätten.

Das Ornament ist äußerlich ein Mehr, etwas Überflüssiges, innerlich etwas »Zweckloses«. Das Schöne hat keinen andern Zweck, als schön zu sein. Aber es hat nicht die *Absicht*, schön zu sein. Es ist schön. Mörike drückt die ewige Wahrheit also aus: »Was aber schön ist, selig ist es in ihm (sic) selbst.« Das Schöne ist der ins Unendliche variable

Ausdruck des Insichselbstgeschlossenen, des Vollkommenen, ein Infinitesimalproblem. Das Schöne lebt nicht nach Regeln, sondern kraft seines (immanenten) Gesetzes. Harmonie ist das Empfänglichen unmittelbar gewisse Wesen des Einheitlichen. Willkür ist mit der Schönheitswirkung unverträglich. Jede schöne Schöpfung von Menschenhand gehorcht unwiderleglichen Geboten ihres mystischen Mittelpunkts.

Zweierlei ergibt sich aus diesen Variationen eines dem Künstler als Axiom gültigen Themas für das Ornament, den Zierrat: Der Zierrat muss, wenn er seine Bestimmung erreichen will, in sich selbst zusammenhängen; er muss, da er ein Mehr ist, mit seinem Träger zusammenhängen.

Den Zusammenhang »in sich selbst« bedingt die innere Wahrheit des Werks. Den Zusammenhang mit dem Träger (Gebäude, Geräte) die ästhetische Gemäßheit. Stil heißt nichts anders als Gemäßheit. Der Stil ist keine irgendwo endende Linie, er ist eine in sich beschlossene Kugel, ein Ganzes. Stile gedeihen alle bis zu einer nicht vorher bestimmbaren Peripheriegrenze. Dann bleiben sie stehen und sterben alsogleich. Wir nennen solche verstorbenen Stile historisch. Man registriert sie, und der Freund des Entwicklungsganges beschäftigt sich ehrfürchtig mit ihrer Existenz als einem Gewesenen.

Solang ein Stil noch nicht tot ist, wandelt sich seine Oberfläche. Der Organismus wirft sozusagen Häute ab, die erstarren, und lebt von innen heraus treibend weiter. Die übereinander gelegten, lückenlos aneinander schließenden Schichten der (immer runden) Oberfläche bilden die Tradition. Nur aus der Tradition ist die jeweils herrschende Fläche zu begreifen.

Wir haben heut im Sichtbaren (unsrer ganzen Umgebung) Stil neben Willkür. Das ist das Übel. Einerseits stehen Erzeugnisse vergangener Stilepochen da. Es sind ehrwürdige Zeugen. Anderseits haben wir eminent Zeitgemäßes. Metall, Glas und Stein sind seine Faktoren. Nun aber setzt die Willkür ein und verdirbt den immer wieder zum Ausdruck seiner selbst strebenden Stil des Zeitgemäßen, Wirklichen: man verdirbt das echte Material zum Ornament oder man fälscht das Material zu Zwecken des Ornamentalen.

Sehen wir uns um: Wir finden Aufgeklebtes (Historisches auf Zeitgemäßem) und Nachgeahmtes (Unorganisches). Wir finden vor allem die beiden teuflischen Brüder: das Surrogat (unechtes Material) und die dekorative Fälschung (echtes Material durch Willkür um die ihm gemäße Wirkung gebracht). Beispiele für das Surrogat sind: die Ledertapete, das Gipsgebälk, die papierne »Glasmalerei«; Beispiele der Fälschung sind das durch Holzstrich verdorbene Holz, die zu Steinornamentik gefälschte Kachel. (Ich danke diese Gegenüberstellung einer anregenden Bemerkung von *Adolf Loos*: »Holz kann man grün, weiß, rot streichen, nur nicht holzfarben.«)

Ich biege um eine Straßenecke. Ein Gaskandelaber fällt mir ins Auge. Er ist an der Hauswand befestigt. Ein Arm (Gusseisen), der sich als Ranke gebärdet. Daran die Glaskugel, als Tulpe gestaltet. Unten und oben ein blöder Zierrat aus dem historischen Formenbuche. Das Ganze eine Scheußlichkeit. Warum macht man das nicht einfach und schön: eine glatte Stange, daran die glatte Glaskugel, darin die glatte Gasröhre? Ja, warum? Weil man eben am Ornament krankt. – Ein Hausierer bringt eine kleine Blechsache ins Haus, einen Selbstanzünder, oder wie das Zeug heißt. Eine Blechkappe, die man dem Zylinder des Auerlichtbrenners aufsetzt und die gewisse Funktionen zu erfüllen hat. Wie sieht das Ding aus? Zackig, gesäumt, von einem Bügel in Hieroglyphenform gekrönt, die Flächen bedeckt mit einem gepressten Muster. Wie gesagt, das Ganze – ein schweres historisches Ornament, eigentlich zwei, scheußlich gekuppelt – aus dünnstem Blech, ein paar Heller wert. Warum macht man das nicht glatt? Ja, warum! – Ein Ofen ist ein Aufbau aus Kacheln. Eine Kachel ist ein glasiertes Stück Ton. Die Kacheln, einfach aneinander gereiht, von einer Kante oben abgeschlossen, auf einem breiten Unterbau postiert, in weißer Farbe, wie erquickend! Nein, man presst auf jede Kachel die heute hochmütig verstummten Zeichen einer Stilsprache, die Renaissance oder Barock heißt, krönt die Unsal mit einem Portalgebälk, stellt womöglich noch eine Figur hinauf oder schraubt einen Zapfen an. Warum? Die Ornamentkrankheit.

Statt dem Unfug zu steuern, »erfinden« gewissenlose »Künstler« täglich neue Ornamente, verderben uns jedes brave Möbel durch faden Schnickschnack, vergreifen sich sogar an der Kleidung (Die Kleidung ist der Mode unterworfen. Heil der Mode! Sie trägt jeweils den Keim des Verfalls in sich. Es liegt im Wesen der Moden, dass sie wechseln. Wie gemäß der Kleidung! Man trägt ja Kleider nicht ewig.)

Ob wir noch einmal den *Stil unsrer Zeit*, das *Tatsächliche*, erleben, ist dem Skeptiker eine Sphinxfrage. Vorläufig patscht die zivilisierte Gegenwart hier wie sonst lustig im hochaufspritzenden Trüben der Gesinnungsträgheit weiter.

3. Geistige Landschaft mit vereinzelter Figur im Vordergrund

Wien ist die Stadt des liebenswürdigen Dilettantismus. Da der Österreicher aus den Trümmern seiner historischen Kultureinheit (der liberale Doktrinarismus hatte die Fundamente des Gebäudes unterwühlt) den Geschmack gerettet hat, trägt hier sogar das Verwerfliche gewinnende Züge. Selbst der politische Hass der Gegner enträt nicht der – so leicht in Roheit umzuschlagen geneigten – Gemütlichkeit. Neben marklosem Leichtsinn, unbedenklicher Hingabe an Laune und Stimmung fristet sich eine untiefe Nörgelei, die verblassend an die für Altösterreich typische Grillparzer-Saar'sche Raunzerei gemahnt. Sie fordert ihrerseits gutmütigen Spott heraus. Die wechselnde Farbe des öffentlichen Lebens ist bedingt durch zahlreiche unkontrollierbare Strömungen, Stimmungen unter der Oberfläche.

In dieser bis auf das Schlendern der Bummler – man sieht hier selten Menschen, die eilen – anmutigen Stadt gedeiht der Snobismus. Nicht der kaltherzige des berechnenden Strebers, sondern der warmblütige des Neugierigen.

Alle Welt tut hier bereitwillig überall »mit«. Man versammelt sich immer wieder zu Komitees, zeigt sich und zeigt sich einander. Die Presse schlägt gern den Familienton an; der Lokalreporter schwelgt in geduldeten Indiskretionen. Der Personenkult, besonders der Kult der Bretterhelden, erbt sich als ewige Gemütskrankheit fort. Man neckt einander, lässt sich aber auch immer wieder düpieren, denn man staunt gern, vor allem: man erzählt gern Erstaunliches.

Hier haben's die Leute gut, die »neu« sind. Alle Welt beschäftigt sich mit ihnen. Man hätschelt das »Originelle«. Nicht allzu lange freilich. Publikum ist hier immer zu finden und für alles, für jeden Blödsinn. Das Geld sitzt nicht fest. Man hört taktwiegend leichte

Musik und trinkt dazu mehr, als man sollte. Eines verträgt man nicht: Konsequenz, Strenge, die unbeirrbare Entwicklungslinie. Wer sich nicht modeln lassen mag, an dem schwankt der fröhliche Schwarm der Bereitwilligen vorbei. Und wer gar zu erziehen unternimmt, steht bald allein.

In dieser lauen Atmosphäre ist das heimisch, was man als falsche »Sezession« kennt und nach Gebühr hasst. Sezession heißt seit einigen Jahren alles, was modern-halbschlächtig, äußerlich, hohl ist. Dass eine Gruppe von unabhängigen, zum Teil sicherlich merkwürdigen Künstlern die heute so übel verrufene Benennung in einer Epoche der behaglich starrenden Unfähigkeit in Schwung gebracht hat, kann an der leidigen Tatsache nichts ändern, dass die Talmi-Sezession einen jetzt wie das Malborough-Liedchen den reisenden Briten auf Schritt und Tritt belästigt. Jeder Schmarrn der Galanteriewarenhändler, der sich von dem früher üblichen Kitsch durch Schlangenlinien oder sonst eine rezente Faselei unterscheidet, wird einem Publikum, das man in den meisten Fällen mit vollem Recht urteilslos wähnt, als sezessionistisch angepriesen. Wie sehr alles echte sezedierende Bestreben unter diesem Unfug leidet, braucht nicht betont zu werden.

Über das, was auf der Hand liegt, soll hier nicht die Rügerede ergehen. Aber eine Erscheinung innerhalb des größeren Ganzen muss einmal gebrandmarkt werden, die wirklich bereits aus allen spiegelnden Flächen der »bessern Umgebung« grinst: Die Komödie der sogenannten »angewandten Kunst«. Wien ist ein wahrer Nährboden dieser Seuche. Eine Gemeinde von aufdringlichen »höhern« Snobs, nüsterblähenden Kunstwitterern verkündet stündlich das Neueste. Beweglich schlängelnde Begabungen liefern das jeweils »aktuelle« Material. Die Sache wäre vielleicht harmlos, schlüge die künstliche »Bewegung« nicht so hochaufschäumende Wellen. Man muss ja im sonst bewohnten Europa wirklich glauben, wir alle in der geistigen Heimat der Canaletto, Mozart, Raimund, Dannhauser, Nestroy, Schwind, Beethoven, Bauernfeld, Grillparzer, Hebbel, wir alle lebten nur mehr von der Kinderei des dekorativen Elements. Hier zu widersprechen im Namen einer ehrlich angeekelten Mehrheit, ist dem stillen Beobachter des Getriebes Bedürfnis. Wir haben uns in Wien seit je gefügig dem Experiment hingegeben. Ausliefern aber lassen wir uns denn doch nicht. In widerlicher Erinnerung bleibt der als Sturm im Wasserglase inszenierte Rummel

der Reinhardtbegeisterung. Man glaube der Versicherung eines klar-
blickenden Zeitgenossen und Mitbürgers, dass die *wirkliche* Elite des
schöngeistigen Wien diesen Rummel nicht mitgemacht hat. Das, was
sich so beflissen und laut immer wieder selbst das »geistige Wien«
nennt, täuscht sich und andre stets gern darüber, welchen kümmerli-
chen Zusammenhang es eigentlich mit den Schichten der Gesellschaft
hat, die dem diskreten Weltmenschen einzig und allein die Repräsen-
tanz der *organischen Kultur* bedeuten. Nicht der Wiener »Jour« und
sein Stammpublikum prägen, Gott sei Dank, der Stadt der großen
Erinnerungen und der glänzenden Begabungen, dem Mittelpunkt einer
erlauchten höfischen Tradition die angenehme Physiognomie. Im
breiten Schlagschatten dieser reich konturierten Potenz verschwindet
der dünne einer zwar zählebigen, aber nicht wurzelverankerten Partikel.

Aber eines ist leider wahr: Wer sich zurückzieht aus der Gegend,
wo die »öffentliche Meinung« gebraut, die Reklame gerüstet wird, von
dem hört die auf Kunde angewiesene Mitwelt wenig oder nichts. Und
wer gar unternimmt, in tollkühner Vermessenheit sich *gegen* die ru-
morende Koterie zu stellen, der kann zur Eissäule gefrieren im Todes-
schweigen, das frostig um ihn sich schließt.

Seit einigen Jahren geht man bei uns – und anderwärts – in Aus-
stattungsnöten nicht mehr zum Möbeltischler und Tapezierer, sondern
zum »Künstler«. Der Künstler ist auf diese Art rasch zum Orakel ge-
steigert worden.

Der Gegensatz des Künstlers scheint so etwas wie »unkünstlerische
Nüchternheit«. So wie Makart vor vierzig Jahren der »Herold der
Farbe« usw. gewesen ist. Man weiß das erbärmliche Fiasko seiner
Atelier-Kitschphraseologie. Heut ist »Sezession« Trumpf. Kein Handwerker in Wohnungsutensilien darf nach den reinen Prinzipien seines
Handwerks Gebilde zusammenfügen. Der Künstler steht hinter dem
Befangenen und richtet ihm die Hand. Was herauskommt, ist »angewandte Kunst«. Angewandte Kunst, das sind Nacht- und Nähtischchen
mit Porphyrplatten und schmiedeeisernen Beschlägen, in allen Farben
gebeizte Kasten mit Intarsien und Spiegeln, Büfetts mit messinggerahm-
ten kassetierten Fenstern und angeschraubten Beleuchtungskörpern
usw. Man kennt das Klimbim zur Genüge. Es ist so fad, dass man
schon beim Gedanken daran gähnt. – Adolf *Loos* hat höhnisch gefragt,
warum der Künstler nicht auch dem Schuster, dem Sattler, dem

Handschuhmacher unter die Arme greifen wolle. Und da niemand antwortet, fährt er fort: Unsre Zeit braucht das Ornament nicht, sie verzichtet darauf. Sie lebt vom ästhetischen Wesen ihrer praktischen Zwecken dienlichen Erzeugnisse. Der Handwerker ist noch immer da und kann, was er gelernt hat. Der Schuster macht Stiefel, der Schneider Röcke nach dem Bedürfnis des Bestellers. Und nicht nur der Schuster und Schneider sind da, auch der Tischler kann sicherlich noch Stühle und Bettstätten machen. Schafft nur den Künstler ab, der ihn daran hindert. Man kolportiert ein bezeichnendes Wort: »Ich habe mit Kammerdienern und Bienenzüchtern mehr innere Zusammenhänge als mit Architekten.« Das heißt: Ich fühle mich allen Menschen verwandt, die in ihrer Beschäftigung ganz drin stecken, mit ihr identisch sind. Er sagt: Man gibt mir den Auftrag, eine Wohnung zu gestalten. Ich will nichts Neues erfinden. Wozu sollte ich z. B. Stühle erfinden. Sie sind ja längst da. Es sind die alten englischen. Und so weiter. Manches Prinzip freilich ist verschüttet. Lasst uns dem Gedanken nachgehen. Er hört uns schon und zeigt sich schüchtern. Heraus mit dir. Ich halte den Künstler ab, der dich beim Genick packen will. Er tut dir nichts, solang ich da bin. Sieh her, da bist du, herrlich primitiver, nackter Gedanke »des« Tisches, »des« Vorhangs, »des« Spiegels. Wir wollen dich in gutem Material verlebendigen. Nichts weiter. Handwerker, zeige was du kannst. Du darfst arbeiten.

So einfach ist diese »Theorie«, dass man sie erklären muss. Die Leute suchen ja immer etwas dahinter. Sie sind das von den hinterhältigen Künstlern gewohnt. Es ist nichts »anders« dahinter, liebe Leute. Adolf Loos will nichts Apartes. Wenn ihm auch manches – apart gerät. Freilich, er selbst ist ja ein Künstler, ein Mensch mit künstlerischem Gewissen, mit künstlerischer Bildung. Aber weder ist sie ihm wie den armen Eklektikern von rechts nach links kollernder Ballast, noch hält er sonderlich viel auf die Tatsache ihrer Existenz. Diese »künstlerische Bildung« belehrt ihn über die Wege der Entwicklung. Und sein scharfer logischer Verstand zeigt ihm die Stationen, die Etappen sind. In unsrer Zeit, der Ära der Maschinen, sieht er das Ornament an Entkräftung gestorben. Er trauert darüber nicht. Im Gegenteil: Er preist unsre Zeit ob dieser grandiosen Kargheit. Er schätzt die historischen, schätzt die organischen Ornamente, die Arabesken der üppigen dekadenten Auslaufzeiten wie die großartigen Hieroglyphen der Uranfänge. Aber er verweist kaltblütig auf das Wesen unsres modernen Materials und meint ihm genügende Wirkung durch seine unbefangene Existenz zuschreiben zu dürfen. Silber- und Messingplatten, Holz- und Glasflächen: Loos verneigt sich vor ihrer ungeminderten Tatsächlichkeit. Wie reich sind wir, sagt er. Wir haben die Steine, die Metalle, die Hölzer. Weg mit den kribbligen Händen, die alles unbegründeterweise sinnlos bekritzeln, verbiegen, zacken wollen. Das Buch, das Hemd, der Knopf: Lasst alle diese guten Dinge durch sich selbst wirken, lasst sie nur zu Wort kommen, gebietet dem dreinschwätzenden Künstler Schweigen; eine Harmonie der großen einfachen Stücke, der Dinge, breitet sich rauschend aus. Und eines verrate ich euch, sagt der stille unermüdliche Werber für das Echte: Alle wahre Kultur hat seit jeher das Ganze, das Tüchtige, das Einheitliche bevorzugt.

In dieser Kampfstellung gegen das Ornament liegt mehr als die Neigung zu einer geschmackvollen Variante des Gerätes. Die Devise »Los vom Ornament« ist die Oriflamme einer neuen großen Idee, die wie alle großen Ideen Ahnenzusammenhänge hat. Die Idee dient der Gesellschaft. Man nehme sie nur einmal praktisch: Wenn das Ornament fällt, fällt ein mühsames Plus an Kleinarbeit (abgesehen vom ekeln Klischee des Fabrikornaments). Man zahlt nicht weniger (heute sogar noch mehr) für eine glatte Zigarettentasche als für eine verzierte. Zierrat wird überflüssig, die Herstellungsmühsal also geringer, der Verdienst größer – das Zeitgemäße dient den Zeitgenossen.

4. Angewandte Kunst

Dass jemand keiner »Richtung« angehöre, wollen »Anhänger« nicht begreifen. Oder, wie man bei uns sagt, es geht ihnen nicht ein. Da heißt's denn immer wieder bekennen. Und je weniger man das Zeug zum »Anhängen« in sich fühlt, umso unumwundener lautet, wird man bedrängt, das freilich »andersgläubige« Bekenntnis.

Oft und oft hab ich mich gefragt, warum die abundanten Unternehmungen des neuen Kunstgewerbes auf den diskreten Menschen verstimmend wirkten. Die Eingebung, der ich bis dahin blind vertraut hatte, bestätigend, hat das Gesetz sich mir, mein ich, enthüllt.

Ich will sagen, wie es gekommen ist. Ein Künstler von Ruf und Rang – sie entsprechen seiner Begabung, seinem Können, seinen Leistungen – hatte mir jüngst einen kleinen Gegenstand geschickt, der auf mich wie auf die drei, vier Menschen meiner gewohnten Umgebung, denen ich ihn stumm zeigte, erheiternd gewirkt hat. Mich hat er eigentlich verstimmt. Es war eine »ganz aparte« Sache – so pflegt man ja Dinge zu nennen, zu denen man, ohne sie geradezu zu verhöhnen, kein Verhältnis gewinnen kann, dabei aber empfindet, dass es nicht an einem selbst liege, sondern eben an der aparten Sache. Ich wenigstens liebe diese neuen »aparten« Sachen nicht. Sie sind ein Geräusch, und ich hasse Geräusche, außer den natürlichen (Wasserfall, Vogelgezwitscher). Der bewusste Gegenstand sollte eine Gebrauchssache vorstellen, die »Lösung« – wie es im Jargon heißt – einer »Aufgabe«. Er war für den Schreibtisch bestimmt. Auf meinem Schreibtisch stehen Bilder in silbernen und Mahagonirahmen oder bloß hinter dickem Glas, eine glatte englische Uhr, messingene, gläserne, silberne Leuchter, silberne Vasen; alles Utensile ist aus Glas oder Messing; sonst liegen Bücher da, eine Mappe, ein Sammelkorb, ein Fachwerk aus Holz, ein Zündholzbehälter, schwere, silbereingefasste Glasschalen für die Zigarrenasche stehen umher. Nun sollte plötzlich so ein »apartes Ding«, in zwei Farben, aufdringlich Platz beanspruchend, dazu? Man sieht das kuriose Zeug befremdet an. Es ist wie in einer kleinen Gesellschaft wohlerzogener, unauffälliger Menschen: die Herren im Frack, die Damen in Abendtoilette – plötzlich tritt jemand ein, dem man sofort das Geflissentliche anmerkt. Sein Frack hat etwa einen Samtkragen, seine Westenknöpfe sind Halbedelsteine, seine weiße Schleife ist nach der neuesten Mode breit, lang, schief, schmetterlingflügelnd; er trägt sein Taschentuch in der Manschette, vielleicht gar weiße Gamaschen überm Lackschuh, irgendwo, wo sie noch kein Mensch gehabt hat, hat er eine eigenartige Tasche: Kurz, er ist, was sich Literaten und sonstige Kenner verehrungsvoll unter einem Dandy vorstellen ... Wie wirkt ein solcher Mensch auf die wohltemperierte Gesellschaft? »Wie ein Bombe?« Nein. Man lächelt still. Alle lächeln still. Und der Ankömmling fühlt sich nicht behaglich. Er regaliert sich dadurch, dass er geärgert feststellt, der und der hier sei zwar ein leibhaftiger Graf, aber er habe »unmögliche« Manschetten, runde nämlich, nicht flach gebügelte usw.

Der geflissentliche Mensch ist kein Dandy, sondern ein Snob. Und ebenso snobistisch sind diese geflissentlich »aparten« neuen Gegenstände. Deshalb wirken sie – bei aller Anerkennung des im einzelnen bewiesenen originellen Könnens – auf den geschmackvollen Menschen verstimmend, wenn er nicht gar lächelt.

Nun das Gegenbeispiel, das zweite Moment auf meinem Wege zur Entdeckung des »Gesetzes«:

Ich bin jüngst wie täglich durch eine der unsympathischen Vorstadtgassen meinen Weg zum Beruf gegangen. In einem Schaufenster sah ich einen Waschtisch. Ich bestätigte mir einen angenehmen Eindruck. Ohne stehen geblieben zu sein, hatte ich den Waschtisch völlig übersehen: eine Marmorplatte mit vertieftem Becken, eine zweite Marmorplatte als Rückwand; allerhand Nickelbestandteile. Eine nicht ungewöhnliche Type. Fabrikarbeit … Fabrikarbeit? Und doch …? Ja, ja, ja. Ich musste mir's dreimal sagen. Gute Fabrikarbeit. Immer wieder würde ich diesen Waschtisch bestellen, für jedes Waschzimmer, das ich mir einrichtete. Warum? Weil er mir gefällt? Gewiss. Aber nicht das ist der tiefere Grund dieser unbedingten Wertschätzung. Mir gefällt ja gelegentlich allerlei. Hier bei diesem Waschtisch ist mehr als immerhin subjektives Gefallen betätigt. Der Waschtisch ist wirklich gut, modern, d. h. unsern Anschauungen von Hygiene und Ästhetik zugleich entsprechend.

Und da war's mir mit einem Mal aufgegangen, das »Gesetz«. Der Missgriff der »angewandten Kunst« liegt im Verhältnis eines künstlerischen Stils zu einer nicht geradezu unkünstlerischen, aber nicht künstlerisch aufgelegten Zeit. Wenn die Künstler den diskreten Menschen mit all ihrem angewandten Schaffen so auf die Nerven gehen, so liegt es an dem Taktlosen, im ursprünglichen Sinn Unmusikalischen dieser »idealen« Betätigung. Es handelt sich gar nicht um Kunst bei all den Dingen, die wir gern endlich besser hätten, als sie die schändliche Surrogatindustrie zu Tausenden auf den abgestumpften Markt liefert, bei den Leuchtern, Tassen, Schalen, Ofen, Kohlenkübeln usw. usw. Es handelt sich nur um innere »Musik«, das ist Takt.

Das Gebiet, das die angewandte Kunst zu reformieren bestrebt ist, liegt im argen. Kein Zweifel. Die scheußlichen Majolikaofen, die mit gepressten Renaissanceornamenten für Gebildete und sonstige Wilde »vornehm geschmückten« Gusseisengeräte, all der barbarische Kram des bürgerlichen Hausrats, dieser schnöde Kitschunfug unsrer gottverlassenen Zeit soll hinweg, mit der Hacke womöglich, aber Gott bewahre uns vor dem neuen Unfug der angewandten Kunst, vor allen »Bewegungen«, die literaturdurchseucht und in völliger Verkennung der missachteten Umgebung (die ja nur als Schmutzschicht über dem lebendigen Boden der verschütteten Tradition liegt!) an ein tausendfach individualisiertes »Ideal« verloren, ein urteilloses Publikum der Willkür, der Anarchie zuführen, dem geraden Gegensatze von *gewordener Kultur.*

Kultur macht man nicht, Kultur wird und ist. Man muss nur die Augen auftun, um unsre zu sehen. Sie ist die der *praktischen* Welt. Ledertaschen, Ledergamaschen, Chevreau-Schnürschuhe, glatte, silberne Zigarettentaschen, hahnlose Gewehre, federleichte Zylinderhüte, Seidenstrümpfe, weißlackierte Badewannen usw. usw., das sind die dem Zeitalter der Eisenbahnen, des Telegrafen, des Telefons, des Automobils, des Luftschiffs gemäßen Elemente unsrer äußern Kultur.

Auch der Luxus unsrer Zeit ist nicht etwa ein vom Künstler erbetener. Der Teufel hole den Künstler, der unsern Frauen Kleider zu entwerfen sich anmaßt: Wir brauchen gute Schneider und Schneiderinnen. Künstlerische Trachten gehören auf den Künstlerball. Der Teufel hole den Künstler, der unserm Kinde seine »Welt« erschaffen möchte. Es hat seine, die ewige Gnadenwelt des Kindes, und verzichtet dankend auf den armseligen Behelf des Reformers (wir Eltern minder höflich mit). Der Teufel hole den Künstler, der unser »Milieu« mit seinen Einfällen nach seinen Augenblicksmarotten zurechtfälschen will: Wir brauchen nichts als solide Handwerker.

Die Welt der Formen ist unsre Zeit nicht zu erneuern berufen. Sie soll endlich einsehen, dass sie andre Aufgaben hat. Die ganze »angewandte Kunst« ist ein Irrtum, ein Missverständnis.

Das Übel, an dem unsre Zeit krankt, heißt Individualismus. Das massenhafte Individuum tritt allüberall aus der ihm gebotenen Anonymität heraus. Die Masse hat eine kulturelle Mission. Höchste Kultur hat freilich immer wieder nur der einzelne; und das einzig Erquickende an der Geschichte sind die (großen) Persönlichkeiten. Wenn sich die Masse aber in ihre belanglosen Bestandteile auflöst und jeder sein Eigenleben führen will, entsteht Barbarei: Wir leben heut in der Barbarei. Die Künstler aber, die massenhaften Künstlerindividuen (nicht

Künstlerindividualitäten) »tragen Kunst ins Leben«! Sie behaupten, Kulturbringer zu sein. Sie sind in Wahrheit Kulturvernichter. Was noch an Kultur bei uns besteht – das Ganze ist gemeint; Kultur geht immer das Ganze an; vereinzelte Kultur ist Privatsache – ist Massenkultur, große Rhythmen in großen Formen: der Rhythmus des Bauern, der Rhythmus der Nationaltrachten, des Militärs. Das verstehen diese massenhaften Künstler nicht, die sich, selbst kleinwinzige Individuen, von der Masse unterscheiden, ihre winzige, überflüssige Individualität andern belanglosen, nur nicht eben »künstlerisch« erzogenen oder belehrten Individuen aufnötigen wollen; dadurch meinen sie, Kultur zu erzielen. Sie vereinigen sich (und die Nullen, die sich an diese Nummern anhängen) zu allerlei Bünden, entrollen flatternde Programme. Welch ein grasser Irrtum über das Wesen der Kultur! Nie hat ein einzelner, und wenn er sich noch so sehr mit »Gleichgesinnten« multiplizierte, Kultur gemacht. Alle historische Kultur ist anonym.

Es ist mit eine der geschmacklosen Doktrinen dieser armseligen Zeit, dass Kunst »ins Leben« solle. Kunst soll gar nicht ins »Leben«. Kunst ist eine Welt für sich, eine sehr einsame, um jeden Künstler herum vereinsamte Welt, ein unsichtbares Königreich. Ins »Leben« führt kein Weg. Das Leben braucht auch gar nicht diese ihm fremde Kunst. Es hat an sich, mit sich genug zu tun.

Nun halte ich auf dem messerscharfen Grat zwischen abgründigen Missverständnissen. Ich sehe die lieben Mitmenschen rechts und links in einem der beiden Abgründe. Auf der einen Seite die Banausen, Philister usw. – es sind Schimpfworte der andern Abgründigen –, auf der andern Seite die »Künstler« und ihren geschmacklosen Anhang. Die Philister usw. sind einfach zu erledigen. Sie tragen ja ihr Gutteil zu der Schändlichkeit unsrer Zeit bei. Sie stehen meist irgendwie im öffentlichen Leben, haben allerlei »Funktionen«, sind aber für den besseren Menschen einfach nicht da, wenn er nicht hinschaut. Die andern, die »Künstler«, sind viel lästiger. Eigentlich wären sie unter den Philistern usw. viel besser am Platze, leider aber haben sie sich nicht mit mehr oder minder nützlichen Berufen, sondern mit Kunst abgegeben, sind »talentiert« … Sie bilden sich daher ein, etwas Besseres zu sein als der Tütendreher X, der »Funktionär« Y. Ein höchst lästiger Irrtum – für »Grat«-Menschen. Diese unleidlichen Künstler sind die Verbrecher, die täglich und allenthalben »Kunst ins Leben tragen«.

Noch einmal: Die Kunst hat ihr Reich. Man kann ebenso wenig einen Velasquez »ins Leben tragen« wie einen lebendigen Philister »in« Velasquez. (Von den allergrößten Beleidigern der besseren Menschen, den Popularisierern der Kunst, spreche ich gar nicht.)

Die »Menschen der künstlerischen Lebenskultur«! Das sind die Leute, die auf jeden Kohlenkübel Kunst »anwenden«, die sich und andern »künstlerische Heimstätten« schaffen usw. Es sind – man verzeihe den ehrlich-groben Ausdruck – ekelhafte Kerle. Wirklich.

Sie haben beide nicht recht, diese durch die schmale, aber undurchdringliche Wand meines »Grats« geschiedenen Welten. Sie sind beide borniert und ohne Kultur. Man kann auch niemals gleichzeitig für beide reden, nur einmal da, einmal dort Hiebe austeilen. Wie in einer großen Kinderstube voll verschiedener Rangen ist es. Einmal heult eins da, dann wieder eins dort. Aber die größte Range ist mir lieber als deputative Vertreter der beiderseitigen Abgründler. Solang einer »unter sich« bleibt, geht's ja an. Wenn der Künstler – sei's nun wirklich einer oder bloß ein Niveaukünstler, wie ich die andern taufen möchte – wenn der Künstler sein eigenes Leben künstlerisch gestaltet, ist das Privatsache. Warum soll ein Mensch, der innerlich nicht mit den andern lebt – das ist der Künstler –, nicht auch äußerlich apart sein? Es gefällt mir zwar gar nicht, aber ich kann es begreifen, sogar billigen. Aber den andern soll er Ruhe geben, die andern soll er gefälligst mit sich verschonen. Es ist ein grober Irrtum, dass der, der sich von einem Künstler ein Haus einrichten lässt, etwas gewonnen hätte. Sähen die Künstler selbst dies wenigstens ein, so wäre unsereiner ja zufrieden. Er würde sogar mit ihnen lächeln. Aber nein: Sie sehen's nicht ein. Sie glauben an ihre Mission – in Kohlenkübeln usw.; sie meinen allen Ernstes, etwas Rühmliches getan zu haben, wenn sie ihren Einzeleinfall, den Kohlenkübel, das Falzbein, die Fruchtschale so und so vielen dummen Snobs aufgedrängt haben. Darin liegt die ärgste Barbarei unsrer Zeit. Der Künstler, der Niveaukünstler drängt sich den massenhaften Individuen auf, fälscht diese Hascher nach seinem künstlerischen Bilde. Als ob etwas damit getan wäre, wenn so und so viele, die sich's leisten können, in einem apart eingerichteten Laden ihre Ausgabegelüste befriedigen! Herr Z. kauft sich einen »künstlerischen« Gegenstand. Ich kenne kaum etwas Läppischeres als diesen verdutzendfachten

Herrn Z. Er fühlt sich als Kulturmensch, wenn er vom Niveaukünstler N. eine Aschenschale, einen Regenschirmständer oder eine Villa besitzt!

Seien wir ernst. Wo steckt das Gesetz? Darin: Unsre Zeit verträgt keine Kunst im »Leben«. Unsre Zeit braucht praktische Dinge. Alle Kunst ist ihr ein bröckelnder Lack. Kunst ist Sache des Künstlers, ein Luxus für Künstlerische. Es hat Zeiten gegeben, da Kunst Gemeingut war. Nicht gerade künstlerisch erfühltes Gemeingut, aber ein Element des Daseins. Die Zeiten sind seit der Maschinenfabrikation endgültig vorbei. Daran glauben nur Niveaukünstler nicht. Sie sehen ihre Zeit nicht. Der wahre Künstler, der große Künstler (*es gibt nur große Künstler*, Niveaukünstler sind um nichts wertvoller als Tütendreher; schon der weise La Bruyère hat gesagt: »Il y a de certaines choses dont la médiocrité est insupportable«) weiß, was der Kunst, was der Zeit gehört.

Solange die Welt besteht, wird Kunst einsam bleiben, unsichtbar den meisten. Das, was heute den meisten an Kunst »ins Leben gebracht« wird, ist höherer Gschnas. Wahre Kunst verschmäht das »Leben«. Kunst ist stolz. Niveaukunst aber ist aufdringlich. Sie hausiert mit sich selbst. In hundert Jahren wird man diese ganze angewandte Kunst verwunden haben. Kein Name wird bleiben.

Ein Vergleich drängt sich mir auf: moderne Dichterei. Ein wirklicher Dichter schafft immer wieder die Worte neu. »Moderne« Dichter gebrauchen die eben üblichen »neuen« Worte. Es gibt Tausende von dummen Leuten, die ihnen das Neue glauben. Unsereinen ekelt's an. In hundert Jahren wird man die zwei, drei, fünf *Dichter* unsrer Zeit deutlich sehen. Sie werden zwar ebenso ein Gut für wenige bleiben wie die Dichter vor hundert, zweihundert, siebenhundert Jahren. Aber existent werden sie sein. Die neuen Niveaudichter täuschen nur grobe Sinne über ihre innerliche Leere und völlige Impotenz. Unsereinem rangieren sie unter Tütendrehern.

5. Intime Kunst

Ich bin jüngst in einem kleinen Theater gewesen, das moderner sonst nicht unrühmlich sich betätigender Künstlersinn vom Salzfass bis zur Deckenbeleuchtung ausgestattet hat. Ich sah schaudernd die Logennummer (aus vergoldeter Gipsmasse) auf die marmorne Brüstung geklebt, kopfschüttelnd die elektrische Tischlampe als Blumenbehälter zur Attrape verschäkert, sah – auch dies zählt ja zur künstlerischen »Renaissance« – gelangweilt zu dünner Musik allerlei stilisiertes Gewändergewalle einen nüchternen »Farbenrausch« agieren ... Beiläufig: Eine im Kostüm der zwanziger Jahre sonst berückend graziöse Tänzerin musste, sich windend und drehend, eine Art Kerzenkäfig von mehr als halber Meterlänge auf dem zarten Kopfe tragen: ein Anblick von erbarmungswürdiger Schwerfälligkeit.

6. Stoßseufzer

Die Seuche der mit öliger Bonhomie verkündeten neuen Kompromisskunst rafft alles bessere Streben schon im Keim des Ahnens hinweg. Der mit der neuen »Raumkunst«, dem »Buchschmuck«, dem »Brevier«-Eklektizismus behaglich mitgehende moderne »Gebildete« ist der gefährlichste Herd jeglichen im tiefsten Kern kunstfremden Unfugs. Surrogat, Kitsch, Gschnas allüberall. Besser ganz schlecht, ganz blöde, ganz wild, besser Dogmatiker, Rationalist, Bonze, Verknöcherung als dieses marklose, schleimigglänzende Neugetue. Und die widerliche Kompromissphilosophie, der wiederkauende Monismus, diese ganze fette Feststimmung selbstgefällig »Erwachender«! Die grundgräuliche neue Frauentracht mit Seelenzuwag', das süßliche Gewortel von Schockpropheten, eine neue Heilsarmee fader Dünkelmeier, alle ins »Sezessions«-Profil gerichtet. Rasch ein paar Züge grobkörnigen Wilhelm-Busch-Knasters und einen tiefen Schluck aus Jeremias Gotthelfs grundklarem Deutschtum.

Bei uns ist man immer auf »Kultur« aus. Welch ein Irrtum! Man hat Erziehung, das ist alles. Aber wer wird zu behaupten wagen, dass die intellektuellen Deutschen Erziehung besäßen?! Die Deutschen, die unter ihren sämtlichen Autoren bezeichnenderweise nicht zehn Weltleute zählen! Geht in die Kinderstube der Tradition, voreilige, fürwitzige Kulturförderer, und schämt euch! –

7. Vom Tanzen

Auf der kleinen Bühne eines modernen Wiener Kabaretts haben sich an etlichen Nachmittagen drei Schwestern zum Klavierspiel einer vierten mit einigen künstlerischen Tänzen sehen lassen. Über dieses Ereignis ist mit dem bei uns üblichen Enthusiasmus geschrieben worden. Das Aufbauschen mehr oder weniger liebenswürdiger Darbietungen konzentrischer Kreise gehört zum System einer Bewegung, die alles, was an geborenen Mitläufern neugierig auf demonstrative Geräusche lauscht, in ihren Wirbel reißt. Für den ehrfürchtig stillen, dankbar stolzen Genießer eines großen Kulturerbes hat der ganze neue Frühling künstlerischer und literarischer Bestrebungen, den die rührig beredte Generation der heute Dreißigjährigen seit einigen Jahren überall feiert, etwas unangenehm Willkürliches, peinlich Unorganisches. Er, der wohlerzogene Schätzer des Unbefangenen, als das sich alles Natürliche, Wurzelnde, Echte bestätigt, weicht instinktiv den verschränkten Reihen der stets verzückten Verkünder des Nochnichtdagewesenen in weitem Bogen aus. Er hat bei dieser ihm vielfach übel vermerkten Unfreundlichkeit das todsichere Gefühl des mächtigen Zusammenhanges mit allen wahrhaft diskreten, allen vornehmen Elementen. Er möchte alle großen Toten als Blutzeugen seines Widerspruches beschwören. Unfehlbar reagiert sein Takt durch erschauerndes Einziehen der spürenden Fühlfadenenden auf jede noch so harmlos verhüllte Manifestation eines ihm unsäglich widerlichen Geistes. Es ist der Snobismus, der ihn wie empfindliche Augen reizender Tabakrauch verstimmt, und zwar ist es eine krause Spielart des Snobismus, die unsern Tagen vorbehalten geblieben zu sein scheint: der literarisch-künstlerische, der Snobismus der Seelenlosen. Wir sensible Barometer der geistigen Luftschichten notieren schmerzlich den leisesten Druck. Und dieser neuere Snobismus ist da besonders gefährlich, wo er auf das Zarteste sich zeigt. Seine gröberen Äußerungen sind ja gern Lächelnden nur zu kenntlich; die subtilen entgehen häufig sowohl Naiven wie Ironikern. Die Aufgabe des leider immer wieder zum Kopfschütteln der Rüge gezwungenen Glossators ist darum so heikel, weil er, tritt er in ablehnender Haltung bei Gelegenheiten hervor, die an der Grenze des Guten nomadisieren, leicht in eine zweideutige, ja in eine üble Position sich gedrängt sehen muss. Er findet Beifall, wo er ihn keineswegs schätzt. Er sieht sich von täppisch grinsenden Gestalten umdrängt, die ihn anöden und deren er sich am liebsten mit einem energischen Fußtritt entledigte. Und er fühlt verzweifelt seinen feinen Tadel sich im Echo so vieler Rüpel zum Dröhnen vergröbern, hört ihn, der ihm entwächst wie ein missratenes Kind, umschlagen in eine falsche Tonart. Das Richtige (er kennt genau das einzig Richtige) kann er kaum einem ganz begreiflich machen. Er wird immer missverstanden, von beiden Seiten, zwischen denen er eben steht. Wahrlich, er weiß nicht, was ihm unangenehmer ist: das lästige Zutrauen der einen, das gehässige Misstrauen der andern. Und er, der sich so leicht, ohne Worte, mit Gleichgesinnten, Gleichgestimmten verständigt (seiner Frau etwa, die ihm nicht ohne tieferen Zusammenhang wahlverwandt dünkt, seinem Freund aus absolut unliterarischer Sphäre), greift mit krampfhaft versagenden Zeichen ins Leere der unüberbrückbaren Fernen, die sich zwischen ihn und scheinbar vorteilhaft zur Gemeinschaft ausgestattete Strebende legen.

Der Fall der drei anmutigen Tänzerinnen ist wieder so ein am Tage liegendes Geheimnis. Sie tanzen mit schlanken, geschmeidigen Körpern in geschmackvoll getönten, schmiegsam schleiernden Gewänden. Zunächst ist ausdrücklich zu sagen, dass nur eine wirklich etwas kann. Aber die von der Mode des »Andern« Irregeleitete tanzt Beethoven! Sie vollführt mit ihrem seligen Körper zu den überirdischen Tönen der F-Dur-Sonate, des G-Dur-Konzerts aufdringliche Gebärden, die man nur als schwere, unvergesslich peinigende Sünden gegen den Geist der Musik, gegen den heiligen Geist des Metaphysischen bezeichnen kann.

Es ist ein Blödsinn, ein Verbrechen, Beethoven tanzen zu wollen. Neben die Musik stellt sich da schamlos ein kindisches Getue, das bei Feinsinnigen (der Snob schwelgt natürlich in der literarischen Tatsache: Beethoven tanzen) im besten Fall Mitleid wachruft. Kein Künstler auf der Welt kann, darf Beethoven, Schumann tanzen. Wir danken diesen läppischen Unfug der Duncan, deren mimische Nachahmung antiker Stellungen immerhin einigen ästhetischen Arabeskenwert besaß. *Tanzen kann man nur Tänze.* Und deshalb ist eine Gavotte aus »Manon«, in der Tracht der preziösen Zeit getanzt von den drei jungen Schwestern, etwas Köstliches, darum sind auch die Lanner-Schubert-Reigen, in

einem diskret stilisierten Biedermeiergewande, das prachtvolle Farben-
akkorde erhellen, eine lieblich zarte Sache. Denn hier ist das Gemäße:
der Tanz nichts als rhythmische, sinnlose, also wesenhafte Bewegung
geübter und angenehm sich entwickelnder Gliedmaßen. Dazu das
treffliche Element des ohne Stocken aus der Tradition fließenden, des
historischen, vollendeten Stilkostüms. Hier ist Selbstverständliches,
Unrationales, nur sich selbst gleiche Motion. Dort aber, bei jenen zufälligen, nur durch (unerbetene) »Gedankengänge« grob wie durch
Bindfaden zusammengehaltenen Verrenkungen, Beugungen, Windun-
gen, Sprüngen ist, wie bei literarischer Malerei, literarischer Musik,
literarischem Theater, literarischem Kunstgewerbe, Absicht und natürlich sofort auch Ohnmacht, arme Dünkelei, und weil literarische See-
lenlose dazu ihre fade Esoterik spulen (Literaten müssen immer »dazu«
tun, können nie leben, erleben, schauen, sein, stumm wachsen, sich
treiben lassen), wirkt das Ganze unsäglich gemacht, leer, abgeschmackt,
dumm, lächerlich: Es ist grasser Snobismus, eben jener, den der mit
traurigem Lächeln abseits Stehende sich überall bestätigen sieht, wo
die Verzückten ihre Ver-Sacrum-Orgien des armen, armen Intellektes
feiern.

Das Theater

1. Eindrücke und Ausdruck

Soll ich den Eindruck des Theaters, die Masse des Gefühlsmäßigen, wie es sich dem fälschenden Gefühle des Erwachsenen, Hinaus-, Hinweggewachsenen darstellt, schildern, soweit die Kindheit in Betracht kommt, muss ich bekennen und das Wort hinschreiben: berauschendes Entzücken. Geheimnis: davon schwoll das Theater über. Da waren Ungewohntes, Realität des Unwahrscheinlichen, Nähe des Entfernten, Schauer der Erwartung, die Ungeduld im verdunkelten Hause, Gerüche von eigentümlicher Stärke und Anmut, seltsame Beziehungen zur Nachbarschaft und dem ganzen belebten Raume, da waren Abenteuer des Geistes und des Herzens, Träume vom Leben und Leben des Traumes, da war entsetzlich-angenehme (so ungefähr, nur ungefähr mag es in Worten lauten) musikalische Ergriffenheit; und dann all das reifende Schulbubenhafte, Intellektuale: das Gedächtnisbezwingende, das Theatralische (Darstellerische), das Literarische, das Technische. Es ist ein unendliches Gewoge, gemischt aus allen Sinnesempfindungen und moralisch-rationalen Erinnerungen, bloß durch Worte nicht wiederzugeben.

Ich möchte dieses schimmernde Mosaik im Schatze meiner Erinnerungen nicht missen. Als das Schönste an allem Erleben erachte ich das Geheimnis, die schleiernde Unklarheit, die die Umrisse der Ereignisse lockend und schmeichelnd hüllt. Kaum kann es für ein einigermaßen romantisch angelegtes Kindergemüt etwas Berauschenderes geben als diese aus Grauen und Liebe seltsam gewobene Theaterleidenschaft, die nicht so sehr dem einzelnen Dargebotenen, noch weniger dem Biografischen eines verehrten Darstellers, sondern dem merkwürdigen Bühnenleben selbst, dem Menschlich-Unmenschlichen der halb mechanischen, halb improvisierten Bewegungen und Worte, dem Verblüffenden gesteigerter Gebärdensprache, durch die Schminke erhöhter, zugleich genäherter und entfernter sinnlicher Reize, dem unheimlichen Grenzempfinden: Bühne – Zuschauerraum gilt. Da neigt sich eine in dieser und jener Rollenverkörperung zum Ideal ihrer eigenen tastenden Versuche gekrönte, nicht mehr sehr junge Sängerin aus dem Dämmer der Mittelbühne ins grelle Licht der Rampe: Sie singt, und ihre Stimme schmiegt sich wie etwas Körperliches an dein lauschend sich selbst vergessendes Bewusstsein; es versinkt lautlos in dir selbst, und du bist nur mehr mystische Verbindung mit dieser Stimme, hinter der maskenhaft die Körperlichkeit der Sängerin erstarrt, bis sie das Beifallklatschen wieder ins Reale zurückwirft, nur um desto heftiger durch ein Unwahrscheinliches – dieses fremde, dir so nah gedrungene Singen, dieses nahe, dir so fremd werdende Klatschen – dich aufzuregen.

Und das fabelhafte Wirklichwerden der Figuren, der Kostüme! Dieser fürchterliche Murzuk (»Giroflé-Girofla«), wie bangt man vor den Ausbrüchen seiner Wut, da man ja eingeweiht ist in den gefährlichen Betrug, dem sein Vertrauen nun ausgesetzt werden soll! Und Carmen, wenn sie vor Don Josés Dolch flieht! Don Juan, wenn das dröhnende Pochen den steinernen Gast verkündet! Es ist nicht das Menschliche, nicht das Sittliche (oder Unsittliche laxer Operettentexte), es ist das rein Faktische des vom Fantasiemenschen miterlebten Darstellerischen: Ton, Gebärde, Technik, nicht vereinzelt durch »Kritik«, sondern zu einem wundervollen Ganzen künstlerisch erschaffen durch das genießende, das naive Ingenium, mit einem Worte: die völlige Illusion des Moments, der das Wissen um die Unwirklichkeit des Erfahrenen nichts anhaben kann, die es nur sonderbar differenziert in der gruselnden Erinnerung.

Ob das Theater, wie seine Verteidiger behaupten, »kulturell-erzieherische Kräfte« berge?

Sofern sich in notwendigerweise unzulänglichen Verkörperungen dichterische Ideale an eine verworrene Menge wenden, sicherlich nicht. Wenn es Werke vermittelt, die so einzig als ein Ganzes genossen werden können (die Oper, das Musikdrama, die Pantomime), gewährt es ja manchmal Genuss. Aber »kulturell-erzieherisch«? Nein, diese Note kann ich seinen geschäftsmäßigen Bestrebungen nicht zubilligen.

Kinder gehören überhaupt nicht ins moderne Theater. Dass dem begabten Kinde sein Besuch nicht »schade«, wie die Lektüre der »Drei Musketiere« ihm nicht schadet, ist keine Stütze der »kulturellen« Maxime.

Junge Leute bringen ihren Schüleridealismus mit und jubeln der gespielten Schullektüre zu. Erzieherisch? Eine fable convenue. Das meiste ist Tradition. Die Lehrer bereiten vor, sie rekapitulieren, immer werden sie bestrebt sein, das eigentlich Thetralische durch den Gehalt der verkörperten Dichtung zu verdrängen. Aus richtiger Empfindung. Denn das Theatralische verwirrt die reine Anschauung, das Künstlerische. In diesem Stadium der durch den Intellekt bereits unterwühlten Illusionsfähigkeit ist der scheinbar die literar-historischen Bestrebungen der Mittelschule fördernde Theaterbesuch der heranwachsenden Jugend durch allerlei unkontrollierbare Nebenströmungen im Sexuellen, im Sozialen, im Hedonistischen schädlich.

Erwachsene. Sie besuchen das Theater zumeist aus Gewohnheit, öfter aus Neugierde, selten aus Kunstinteresse. Und dieses wieder zerstückelt sich nach allerlei zentrifugalen Richtungen.

Das Theater ist ein Atavismus. Es ist einmal eine Institution des Kultus gewesen, später als nationales ein Element in der Entwicklung der Literaturen. Heut ist es ein Mechanikum und ein Stückwerk.

Man spricht viel von den Aufgaben des Theaters, seiner Mission ...

Das moderne Theater und Aufgaben? Welche andre, als die Kasse einer-, die Vergnügungssucht anderseits zu befriedigen. Virtuosentum, Ausstattungsfexerei, Sensationshumbug, platte Unterhalterei: das sind die Faktoren der großen Bühnen. Die kleinen sind Werkel. Der Abonnentenstamm lässt den »Propheten«, die »Jüdin«, »Tell« so und so oft mal in der Saison duldsam passieren (Gouvernanten und arme Verwandte sitzen die x-te Vorstellung ab); man kauft Logen zu Premieren und Novitäten in Ostersonntagsbörsezuckungen, wie man teure Bonbonnieren zeitweils da und dorthin senden lässt oder Bilderausstellungen abtut.

Künstlerisch Empfindende lassen sich hie und da verleiten, ihre stillen Kämmerleinträume auf der Bühne realisiert sehen zu wollen. Sie betreten eine fremdartige Lokalität, wo die Damen sich und ihren Putz zum Besten geben, die Männer flirten oder gähnen; der Theaterzettel ist dem Gros dieses Publikums die Hauptsache. Singt die »X.«, spielt der »Y.«? Rollenfragen.

Anderseits: der Krämer, die Modistin. Das Bedürfnis nach Abwechslung im öden Werktagsallerlei fragt: Was gibt man heute? Manche Tochter zieht Lohengrin vor, mancher Sohn Cyprienne. Bedürfnisse.

Und wiederum: der Direktor braucht die Attraktion. Eine Börsenfrage, nichts anders.

Unser heutiges Theater ist wert, dass es zugrunde gehe. Es ist kein »Ausdruck«, sondern eine Anstalt, zugegeben eine Bedürfnisanstalt, aber ernsthaft wird man doch diese Bedürfnisse nicht werten wollen? Noch immer gibt es dramatische Individualitäten: Dramatiker sowohl wie Darsteller. Sie gelten wie alles Gültige. Innerhalb der Institution sind die großen Darsteller vereinsamt. Aber gezwungen, sich einzufügen (die Starbühne ist ein Unfug; beurteilt man Kunstwerke etwa nach dem wiederholten hohen C?). Man freut sich ihrer. Aber im Grunde fragt man doch kopfschüttelnd: wozu? Dass ihnen Fabrikanten Stücke auf den Leib schreiben? Dass sie mit Paraderollen reisen? (Telegramm-plakate in der Kleinstadt: »Er kommt!« – »Wer kommt??«) Eines hat heute noch, heute nur Existenzberechtigung: die Groteskbühne: die Bühne als Atavismus verhöhnt sich selbst. Und daneben ein Museum sozusagen: das Stiltheater der Tradition (Comédie Française, Bayreuth). Aber dieses ist sicherlich ein Luxusartikel und also immerhin »Kultur«-Zeichen.

2. Das Stiltheater

Das Theater unsrer Zeit arbeitet mit Kompromissen. Es hat einen ihm eigentümlichen Stil noch nicht gefunden, man müsste ihn denn eben im Kompromittieren nachweisen, dieser Form der resignierenden Auseinandersetzung mit Widersprüchen, wie sie nachgerade alle unsre öffentlichen Betätigungen, nicht zuletzt die Politik, verblassend anzu-nehmen sich gezwungen sehen. Aber noch sind die Traditionen nicht tot, so unwürdig sie sich auch bei uns beherbergt finden. Es wäre eine Aufgabe gerade dieser Zeit eines schwankenden Eklektizismus, einen Tempel der Traditionen – mit einem dem modernen Empfinden ver-trautern Namen: ein Museum der Traditionen – zu hüten.

Traditionen kann man nicht reformieren. Traditionen hat man zu verehren. Die Gültigkeit von Traditionen ist im Ressentiment begrün-det. Ressentiments aber sind – immer wieder »relativ« freilich – ein Zeichen des Alterns. Man muss, bei allen »Evolutionen«, mit Würde zu altern verstehen.

Es ist freilich eine missliche Sache, einer Ära der ästhetischen Barbarei, wie sie unsre Epoche auf das Grasseste vorstellt, von Würde, von Ehrfurcht zu sprechen. Kann unsre heutige Bühne »das Theater« heißen? Ich sehe eine Reihe von geschäftlichen Unternehmungen, bedient von Geschäftsleuten. Zu unsern schönheitverlassenen Straßen, der Zeitungsbildung, der gesellschaftlichen Heuchelei passt ein Varietépodium, genannt Theater, eine Stätte abendlicher Verdauungsmassage für zermürbte Krämer. Und also wäre die Schaubühne, die nach dem unfruchtbaren Programm eines weltentfremdeten Doktrinärs eine moralische Anstalt hätte bedeuten sollen, von der Höhe einer festlichen Kultusstätte, die ein Volk in den feierlichsten Augenblicken seiner nationalen, seiner Rassenselbstbesinnung vereinigte, hinabgestiegen zu der Wesenlosigkeit einer mehr oder minder zugänglichen Gelegenheit, den »Geist« von Ziffern zu lüften, gleichgestellt andern solchen Zwecken geweihten fragwürdigen Lokalen.

Und doch gibt es noch ein – freilich nachgerade sehr schwach gewordenes – Bedürfnis nach dem Genusse der Schaubühne. Solange man die Traditionen nicht erschlägt, kann es ein Theater der Stillen im Lande geben. Und mehr: Ich sehe eine Bühne unsrer Zeit heraufkommen, das ironische Theater. Wir glauben nicht mehr an das jetzige Theater (die Traditionen in Ehren, die wir als Feinschmecker genießen möchten), wohlan: Aus unserm Unglauben erzeuge sich ein neues. Nicht vom Naturalismus freilich käme das Heil. Er verkennt das Wesen des Theaters: die erhöhte Bühne, den Prospekt. Von seinem Gegenteil vielmehr: dem »Ironismus«.

Traditionen kann man nicht reformieren. Man muss sie im Gegenteil zu fixieren trachten. Sie sind ja unser einziger Bestand: das große Erbe. Verschleudern wir's nicht. Das griechische, das englische, das spanische, das französische, das Weimaraner Theater, alle diese großen Schatten sind zu bannen. Aber man lasse die lästerliche Hand von ihrer gesetzmäßig zur Vollendung gediehenen Gestalt. Man »adaptiere« nicht, wie in unsrer jämmerlichen Talmi-Architektur, organisch Fertiges zu Kassenzwecken. Man habe einmal den Mut zum *Kultus*. Alle Kunst, alle Schönheit lebt durch ihn. Keine neuen Experimente, am allerwenigsten szenische, auf das »Illusions«bedürfnis der Galerie berechnete: nichts als ein wenig Ahnenstolz und Ahnenehrfurcht.

3. Publikum

Auch eine Theaterkritik

Zufall, nicht freier Wille hat mich für je eine Stunde in eine der landesüblichen Jubeloperetten und zu einer Burgtheaternovität geführt. Ich muss als Erklärung hinzufügen, dass ich regelmäßig nur die Hofoper und ab und zu nicht ungern das Josefstädter, ein artig-unartiges Vaudevilletheater besuche. Es steht jedermann frei, diese Kombination mit seinem anonymen Tadel zu beehren. Ich befinde mich wohl dabei und weiß, warum. Beide Bühnen bieten mir vergleichsweise Vollkommenes. Und ich besuche Theater, Konzerte und Ausstellungen nicht aus Gewohnheit, nicht aus Pflichtgefühl, sondern wahrhaftig bloß in genusssüchtiger Absicht.

Vom Theater überhaupt denke ich äußerst geringschätzig. Ich erachte das Theater als ein sonderbares, bis zur Unkenntlichkeit verderbtes Überbleibsel einer verschollenen Tradition. Es hat heute, behaupte ich, nicht die geringste Notwendigkeit mehr, wenn ich ihm auch Zwecke nicht absprechen kann, äußerliche, niedrige Zwecke. Man darf sich durch das große Interesse, das man dem Theater allenthalben entgegenträgt, nicht darüber täuschen lassen, dass der Mensch von Kultur des Theaters, ohne etwas zu entbehren, gänzlich entraten kann. Freilich muss man sich hier hüten, das Theater mit der dramatischen Literatur oder mit der Oper zu verwechseln. Die dramatische Literatur, soweit sie von Dichtern stammt, ist dem Kulturmenschen ein Bedürfnis wie die lyrische, die epische, die historische, die naturwissenschaftliche. Ich bin naiv genug, zu bekennen, dass ich die stille Unterhaltung mit Shakespeare, Molière und Kleist der mit lebenden Literaturbeflissenen unbedingt vorziehe. Aber ich lasse mir beileibe nicht diese großen Schöpfungen von unzulänglichen Darstellern – und ich kenne leider blutwenig zulängliche, jedenfalls kaum ein zulängliches Ensemble – zu einer ebenso aufdringlichen wie langweiligen Abendunternehmung herabwürdigen. Noch weniger Lust jedoch verspüre ich, die von allerhand mehr oder minder unsäglichen Bühnenlieferanten angefertigte Marktware, die unsre regsamen Bühnen jahrein, jahraus verbrauchen, mir auch nur um der Abwechslung willen zeitweis vorsetzen zu lassen.

Ich brauche keine solche Abwechslung. Ich weiß, dass tausende, hunderttausende Menschen daran ein Vergnügen zu haben meinen. Habeant sibi. Sie verdienen kein besseres.

Was die Oper betrifft, so steht es damit wieder anders. Die Oper, zumal das Musikdrama, verlangt die Bühne. Diese äußerste Künstlichkeit, diese Festlichkeit bedarf des Apparats von Podium, Orchester, Vorhang, Beleuchtungs- und Kostümeffekten. (Oratorien im Frack gesungen sind eine Armseligkeit als Kultursymptom.) Die Opernbühne ist eine in ihren Mitteln ihrem inneren Zweck gemäße Sache. Ich kann ihrer entbehren. Gewiss. Sicherlich verzichte ich mit Freuden auch hier auf unzulängliche Provinz- oder Vorstadtdarbietungen. Aber die annähernd vollkommene Aufführung macht mir, ich gesteh es, Freude. Und zwar unterscheide ich sehr genau zwischen der, ich möchte sagen: rein gesellschaftlichen Freude am Opernbesuche, der saisongemäßen Teilnahme am »schönen Hause«, dem mit eleganten Menschen gefüllten vornehmen Raume und seinem angenehmen Vorhaben, der Bühne, (hiezu, zu diesem »sozialen« Zwecke eignen sich Spiel- und italienische Opern, Ausstattungsballette etc.) und der künstlerischen Freude am großen Kunstwerk, das nur eine erstklassige Bühne mir zu vollendeter Wirkung zu bringen imstande ist. Wie gesagt, ich verkenne auch hier nicht das Künstliche der mit allen Mitteln der Äußerlichkeit arbeitenden Kunst der Oper, aber ich vermag dieses sozusagen luxuriöse Vergnügen unsrer sonst leider nur allzu kläglichen Zivilisation herzlich zu genießen. Was ich jedoch nicht vermag, das ist eine der vorhin erwähnten neuen Schauderoperetten oder eines der im Repertoir zwischen Lessing und Ibsen servierten Schauspielmachwerke auch nur lächelnd zu verzeihen. Ich lächle nicht. Ich bin fassungslos. Ich kann es nicht ausdrücken, wie ich die Menschen bemitleide, die an derlei auch nur das leiseste Gefallen finden. Eine »Harmlosigkeit« von solchem Tiefstande der rezeptiven Fähigkeiten ist mir ein Portentum, etwas Ungeheuerliches. Wie man lachen kann über den abgründigen Text dieser unerhörten Operetten – und es hat doch einen Offenbach gegeben, gibt noch eine »Fledermaus«! –, wie man sich zu unterhalten, ja mit gespannter Aufmerksamkeit zu lauschen imstande ist, wenn ein »Kleiner Landprediger« – aus dem Englischen! – oder ein Verslustspiel von Herrn Bernstein oder ein ditto Vers»lust«spiel von Herrn Blumenthal mit Ernst und Hingebung, mit Aufwand an Regie, Souffleur und Kostüm tragiert wird, wie man an der Belebung insipider Worte durch gequälte »Leistungen« anders als mit tiefem Mitleid hörend, sehend sich beteiligen mag, das ist mir rätselhaft, verdrießlich. Und ich sehe mich um im Kreis: nicht bloß Kinder und Pöbel, nein, auch, ja fast nur »besseres Publikum« gewährleistet solchen Schauderdingen Sicherheit und Erfolg. Man berichtet über diese Schändlichkeiten spaltenlang in den Blättern, sie bilden den Gesprächsstoff der »Erholung« ...

Man komme mir nicht mit dem übeln Einwand eben dieser Erholung. Ich kann es begreifen, dass ein Gladstone »in freien Stunden« Bäume fällt, nimmermehr jedoch, dass »ernste« Menschen »ausspannen« müssen bei unlustigem rohem Getrieb oder bei läppischem Rührbrei. Dass die »ernstesten« Menschen das Echte mit dem Surrogat verwechseln, ist mir nichts Befremdliches. Man sehe doch einen »Gebildeten« in seinem Verhältnis zur »bildenden Kunst«. Widerlicher Snobismus, wie er bei uns seit dem Aufkommen kurioser und zum größten Teil nichts weniger als ehrlicher Outsider ins Kraut schießt, darf über die Tatsache nicht täuschen, dass die wenigsten Menschen in Sachen der Kunst auch nur die blasseste Ahnung des Essentiellen haben – ich lasse das künstlerische Verständnis ganz beiseite. Also, ich verarge es dem Fabrikanten, dem Beamten, dem Arzte durchaus nicht, wenn er bei Adolf Wilbrandt sich wunder erhaben fühlt über den »Ungebildeten«, der eine burleske englische Clownerie vorzieht (ich, Verehrer des Sublimsten in der Kunst, gehöre zu diesen behaglich grinsenden Ketzern); aber ich verarge es dem vermöge seines Geldbeutels maßgeblichen Teil unsres Theaterpublikums, dass er den Unfug der blödwitzigen Operette, die Unsal der Hoftheaterlimonaderien – Komtessenstücke heißt man sie mit einer sonderbaren Reverenz vor Zwischenstufen der geistigen Entwicklung – durch Zuspruch fördert. Von keinem Menschen – am allerwenigsten von mir – verlange ich, dass er das »gebildete« Bedürfnis heuchle, ein weinerliches und reizloses Frauenzimmer als Jungfrau von Orleans oder einen trockenen Leiermann als Natan zu genießen (man muss den Mut haben, zu sagen: Girardi, Blasel, Maran sind mir lieber), aber ich verlange von einem geschmackvollen Menschen, dass er nicht ein zweites Mal die »Lustige Witwe« anhöre. –

Es ist sonderbar: Einerseits hat man hier immer damit zu tun, die unerwünschten Verkünder des falschen »Höheren« zu demaskieren, andererseits sieht man sich plötzlich, wie gesagt durch Zufall, nicht freiwillig, in eine Urwelt der »Anspruchslosigkeit« verschlagen, dass man versucht ist, an einen durch (Lindenblütentee erzeugten) Fiebertraum zu glauben. Einerseits verderben einem widerliche Propheten und redselige Mitgänger den Geschmack fast an sämtlichen bessern Europäern – ja selbst den verehrtesten aller erlauchten Einsamen –, andererseits sieht man sich geradezu verpflichtet, das Ausland und die Vergangenheit – wirklich eine *gute* alte Zeit – um Entschuldigung zu bitten für die Existenz von Mitbürgern, die, während man ihnen in einer exquisiten kleinen Ausstellung als Urteilsfähigen etwa Goya zeigt, ein Billett zum »Mann mit den drei Frauen« bei sich tragen.

4. Theatralische Bedürfnisse

Eine Zeitschrift für Freilichttheaterinteressenten hat eine Anfrage an mich gerichtet, die in punktweiser Aufzählung meine Meinung über die Ausgestaltung der Freilufttheaterunternehmungen erbat.

An einer Äußerung scheint mir vor allem die *Person* des Sprechenden Anspruch auf das Interesse der sogenannten Allgemeinheit zu haben, d. h. ich meine, alle derlei jetzt überhandnehmenden Äußerungen sind doch im Grunde nur Spaltenfüllsel, und »Leser« überfliegen in so gefüllten Heften bloß die unterzeichneten Namen, um sich dann nach Geschmack den einen oder den andern der mehr minder behaglichen Schwätzer des nähern anzusehen.

Da ich noch keiner Freilichttheateraufführung angewohnt habe, kann ich mir kein Bild vom Eindruck solcher Darbietungen machen. Ich bin kein Freund des Theaters, dessen sogenannte kulturelle Mission ich überhaupt leugne. Das Theater hat heute den Charakter einer Abendunterhaltung, das ist einer geschäftlichen Veranstaltung. Da unsrer Zeit überhaupt jeder eigentümliche Stil mangelt – er müsste denn in eben dieser Stillosigkeit erblickt werden – hat auch das moderne Theater etwas für den Verehrer traditioneller, wohlgeborener und wohlerzogener Äußerungen – der Sitte – Verdrießliches. Immerhin will ich nicht leugnen, dass mir die Opernbühne manche sonst kaum erreichbare künstlerische Genüsse verschafft hat. Aber selbst das Höchste an Theater, was ich kenne, das Wagner'sche Musikdrama, verstimmt mich oft – wohlgemerkt als »Theater«, nicht als Kunstwerk – in seiner notwendigen Unzulänglichkeit, und ich frage mich beschämt, ob denn dieses kannibalische Vergnügen an einer – stets versagenden – »Illusion« wirklich nicht längst ein nur noch energisch abzuschüttelnder Atavismus sei.

Freilichttheateraufführungen würden mich also gewiss nicht, höchstens als eine einmalige Sensation locken. Dramenproduktion aber halte ich im Allgemeinen für eine Kinderei. In aller Kunst anerkenne ich nur das Große, das Überwältigende, das Vollendete, das Natürlich-Übernatürliche. Dass ein Gedicht von Kleist oder von Shakespeare zufälligerweise ein Drama ist, benimmt ihm freilich nichts an seiner dem Wunder gleichzuachtenden beseligenden künstlerischen Wirkung. Und solang es Künstler gibt, wird es darunter vereinzelt interessante »Dramatiker« geben. Aber das hat, mein ich, mit dem »Theater« blutwenig zu tun. Ebenso lasse ich den großen Darsteller als Wunder gelten, sehne mich aber durchaus nicht nach ihm. Das Stiltheater – Molière etwa – genießen wir als eine köstliche Rarität wie eine Meissner Figur im Glaskasten (freilich bleibt es fraglich, ob wir bei unsern Theaterverhältnissen solche Leckerbissen wirklich genussreich serviert erhalten –).

Die ganze Theaterbewegung der neuesten Zeit scheint mir eine der bei uns Deutschen üblichen Verwechslungen. Man spricht – ach wie viel und wie schlecht – von Kultur und empfindet – o tintenklecksendes Zeitungssäkulum – wie soll ich mich ausdrücken? »Abenteuer« wäre etwa das Wort, Abenteuer des armen Intellektes. Einigen oder – zahlreichen bloß intellektuellen, nicht »menschlichen« Existenzen ist das Theater eine sogenannte Frage. Wer sich im Wirbel mitdreht, merkt nicht, dass er nicht weiterkommt. Ich meine aber, das einzige Ziel jedes besseren Menschen wäre seelische Einkehr – Einkehr z. B. in die Kunst.

5. Gegen das Theater

Was ein völlig untheatralischer, dilettantischer, »zufälliger« Dramatiker wie Wedekind als scharfes Purgiermittel in der verstopften Entwicklung des deutschen Theaters bedeutet, muss dem unbefangenen Beurteiler aus der Betrachtung der gegenwärtigen Situation der deutschen Bühne sich ergeben. Der unbefangene Beurteiler ist aber beileibe nicht der berufsmäßige Theaterreferent. Wer Tag für Tag die Darbietungen der Szene über sich ergehen lässt und dennoch am schnöden Theaterinteresse festhält, ist dem Bewohner der modernen Großstadt zu vergleichen, der sich an ihren entsetzlichen Lärm gewöhnt hat. Er hört ihn nicht mehr. Darum ist der Lärm nicht minder entsetzlich geworden. Wer aber aus der harmonischen Ruhe der winterlichen Landschaft in die Stadt verschlagen wird, kann die Massenhaftigkeit, die Roheit dieses Lärms ermessen. Er wird unbefangen urteilen und sagen: Der Lärm ist gräulich. So ist es mit dem Theater. Man muss, wie ich, kaum jemals das Theater besuchen, um seine verstimmende Unzulänglichkeit, seine aufreizende Zwecklosigkeit konstatieren zu können.

Ich habe jüngst nach langer Zeit wieder einmal einen Schauspielabend erduldet, das heißt nicht ganz, denn im letzten Drittel ertrug ich's länger nicht, ich bin einfach auf und davongerannt. Das Gefühl der bodenlosen, lähmenden und zugleich zu Hass und Verachtung stachelnden Langeweile habe ich nur im Theater, im stillosen deutschen Theater. Ich bin weit davon entfernt, Leistungen zu verkennen. Ich vermag sie aus tiefster Schätzung zu würdigen. Aber das Ganze dieses Theatralischen bleibt mir darum nicht minder sonderbar. Was hat ein Mensch von wahrhafter Kultur (worunter ich nicht den Gebildeten verstanden wissen will), was hat ein Mensch von empfindsamen Gefühlen, von starker Lust- und Unlustreizbarkeit mit dem modernen Surrogattheater zu schaffen? Es ist mir ein Phänomen wie andre Unbegreiflichkeiten, wenn ich den mit schwüler Schweiß-, Puder- und Staubluft erfüllten ungeheuren Raum überblicke, in dem einige Hundert oder Tausend Menschen in festlichem Staat sich versammelt haben, um Blumenthal oder Sudermann oder Skowronnek zu genießen. Ich finde darin eines der grassesten Symptome der entarteten »Kultur« unserer Zeit. Und der Schauspieler, der heute den Romeo und morgen einen Kadelburgschen Leutnant mit derselben »Hingebung« spielt, ist mir gleichfalls ein unangenehmes Symptom dieser Unkultur. Man wird mir erwidern: Ich kann es verstehen, dass du dich nicht mit den Großproduzenten der Theatermarktware befreunden magst ... Ich depreziere sofort: »Befreunden«! Um Gottes willen! Ich suche nach einem Vergleich. Geräusch von Glas zermalmenden Zähnen, Geräusch von quietschenden Schienensträngen. Nehmt irgendeinen fürchterlichen Vergleich. So ist mir das. So und nicht anders. Wenn ich einem »modernen« Talmi-Verslustspiel, wie es Herr Kainz – nebenbei bemerkt einer der unangenehmsten Schauspieler, die seit Langem die hohle Welt der Bretter und die hohlere der Theaterreferenten erhallen machen – außer der Vermittlung von Tasso »pflegt«, aus Höflichkeit gegen Verwandte oder sonst einem traurigen Anlass anwohnen muss, so ist mir das, auf Ehre, so, wie wenn ich lebendig geschunden würde. Mir bricht der Schweiß am ganzen Körper hervor, ich atme schwer, ich winde mich in Qualen, ich möchte »Mord, Mord, Hilfe!« rufen. Und dann sehe ich mich um und konstatiere schaudernd, dass hunderte von geputzten Frauen, hunderte von jungen und alten Männern andächtig an der Bühne hängen. Ich schlage zufällig das Repertoire der hauptstädtischen Theater in einer Tageszeitung auf und lese nichts als Ankündigungen von Unzulänglichkeiten. Und das kostet enorme Summen von Geld. Viele Tausend Menschen sind beschäftigt als Maschinisten, Inspizienten, Statisten, Sekretäre, Billetteure, Logenschließer, damit der Unfug zustande komme. Jeden Abend aber stehen so und so viele Schauspieler in »Charaktermasken« auf der Szene und stöhnen und röcheln und seufzen und schwitzen, und man klatscht Beifall und geht oder fährt befriedigt nach Hause. Und spricht noch darüber, »diskutiert« den »Eindruck«!

Jene Vermittler sagen mir begütigend: Wir verstehen, wir verstehen. Du meinst die schlechten Theaterstücke, die Komödien, die dem Instinkt der Masse schmeicheln. Aber denk doch nur an unsern großen Bestand, an die herrlichen Dramen der Schiller, Grillparzer, Hebbel! Ist es dir nicht ein Genuss usw.? Nein, es ist mir kein Genuss! Ich schwelge in Herodes und Mariamne, ich taumle in trunkenem Entzücken immer wieder durch die Zaubergärten der Shakespearischen Komödien, ich genieße geradezu physisch die Herrlichkeiten des Tasso, des Romeo, aber ich sehe mir diese schönen Sachen beileibe nicht im Theater an. Da beleidigt mich dies und das, ich finde nichts als Unzulänglichkeiten, ich kann nicht mit, wenn der Chorus der Berichterstatter den und jenen als eine Offenbarung verherrlicht, der mir und andern »Laien« als ein unangenehmer, mit falschen Tönen und geschmacklosen Gebärden hantierender Kulissenreißer erscheint; ich kann nicht mit, wenn der Chorus diesen und jenen Sprechenden bewundert, der hinter meinen – ich gebe es zu verwöhnten – Anforderungen an die Kunst der Sprachbehandlung um eine unüberwindliche Kluft zurückbleibt. – Wie gesagt, ich kenne vereinzelte große schauspielerische Individualitäten und Leistungen (Mitterwurzer der unsterbliche, Girardi, Else Lehmann, Bassermann, Rittner), ich erinnere mich mit köstlicher Behaglichkeit an abgerundete Verkörperungen (die Hohenfels als Minna, Gimnig als Kollege Crampton, Baumeister als Götz), aber wo immer ich theatralischen Darbietungen bedeutender Schöpfungen angewohnt habe: Einerseits erschienen sie mir nur als ein Kompromiss, ich musste das und das gelten lassen, das und das verzeihen, das und das mitleidig hinnehmen, anderseits blieb mir im letzten Grund immer doch der Genuss einer (laut mir selbst) gelesenen Dichtung weitaus reiner und tiefergehend als der einer Bühnendarstellung. Anders steht es mit musikalischen Darbietungen.

Und ich finde die Formel zu dem verwirrenden Eindruck: Die Darstellung als Ganzes steht fast niemals auf der Höhe der großen Dichterwerke, und die Werke, deren Maß dem Gros der Darsteller entspricht, ist, interessieren mich nicht.

Es gibt – theoretisch gesprochen – eine Möglichkeit der Erhaltung des Theaters: Das ist die Pflege eines großen historischen Stils, wie ihn die »Comédie française« repräsentiert. Aber unsre Schauspieler – experimentieren an Faust, und das geht nicht an. Wundervolle Sprecher verlange ich für die klassischen deutschen Theaterdichtungen, wundervolle Sprecher und harmonische Gestalter. Das »Interessante« an unserm neuen Theater (im alten Repertoire) ist das Experimentieren, zumal im Szenischen. Mich interessiert es nicht. Nicht dass es mich etwa kalt ließe: Es regt mich auf, beleidigt mich. Und wenn ich dann erleben muss, dass dieselbe »Kunst« sich an die Machwerke neuerer Schockdramatiker verschwendet, bin ich empört. Und immer wieder stelle ich mir die Frage: Brauchen wir ein Theater? »Brauchen« wir diese theatralisch-dramatische Kunst? Ich nicht. Andre wohl auch nicht.

Die dramatische Kunstform ist eine dem Wesen der dramatischen Kraft gemäße Form der Äußerung, wie jedes große Kunstwerk als Ergebnis notwendigen Schaffensdranges gültig. Die bühnenmäßige Darstellung dramatischer Werke aber erscheint mir heut als überlebte Konvention, die das literarische Interesse großer konzentrischer Kreise erfüllende theatralische Darbietung als ein klägliches Surrogat echten Kunstgenusses. Ich kann mir nicht vorstellen, dass ein begabter Autor heut aus einem andern als einem unkontrollierbaren Nachahmungstrieb etwa ein fünffüßiges Jambendrama König Karl IX. oder Rhea Silvia dichte. Es ist von vornherein eine Albernheit. Die ernsthafte Erwägung der Komposition der fünf landläufigen Akte scheint mir ein geradezu kindliches Beginnen. Die Schöpfungen selbst eines Grillparzer noch erscheinen mir an den »selbstverständlichen« Emanationen Shakespeares gemessen relativ unzureichend. Notwendig ist immer nur das große Kunstwerk, das alle theoretischen Bedenken gleich über den Haufen wirft. Dass es zufällig ein Drama sei, macht da nichts Wesentliches aus. Herodes und Mariamne ist genau so notwendig wie Kleists Prinz von Homburg: aber dass die achtbar-belanglosen Buchpoeten der 60er Jahre so und so viele Versdramen geschrieben haben, ist ein unschuldiges Privatvergnügen.

Man verstehe mich: Ich meine, in der Kunst ist alles Unzulängliche von Übel, es revoltiert den kultivierten Genießer des ästhetisch Schönen gegen das Beginnen überhaupt. Wenn ich in eine der unzähligen durchs Jahr grassierenden Bilderausstellungen trete, erscheint mir das Bildermalen als etwas fürchterlich Zweckloses. Wenn ich den und jenen reichen Fabrikanten beim Kunsthändler um einige Tausend Kronen Bilder kaufen sehe, erscheint mir solche Kunstliebhaberei als ein schauderhafter Unfug. Wenn ich ein Drama »Perikles« von einem vierzigjährigen Mitarbeiter so und so vieler Tagesblätter angezeigt lese, kommt mich ein innerliches Grinsen an. Wenn ich aber die erste Szene von Hamlet (mir laut) lese, bin ich im siebenten Himmel des ästhetischen Entzückens. Wenn ich Giorgiones »Feldmesser« in der kaiserlichen Gemäldegalerie aufsuche, wird meine Seele rein und gläubig und selig wie ein Seraph. Wenn das Wiener Hofopernorchester die Einleitung zum zweiten Akt des Tristan spielt, erlebe ich Schauer der Unendlichkeit. Aber wenn mir einer zumutet, ich solle mir in einem Provinztheater eine Loge abonnieren, so möchte ich ihm an die Gurgel springen, und wenn mir einer zumutet, ich solle mir den Faust I. und II. Teil auch an der ersten Residenzbühne ansehen, wird mir nur beim Gedanken übel.

6. Reinhardt

(Ein Nachruf)

Die Reinhardt'sche Truppe und ihr Herr und Meister haben bei ihrem Debüt in Wien (1906) geteilte Aufnahme erfahren. Die beiden Lager gefielen sich in ungerechtfertigten, einander wechselseitig steigernden Übertreibungen. Eines aber dünkt dem unbefangenen Beurteiler sicher: Auf die große Mehrzahl der capita ohne sensus übt immer – und so auch diesmal – das schwärmende Literatentum den größeren Einfluss. In mehr oder minder jugendlichen Kreisen, zumal einer gewissen Gesellschaftsschicht, die bei uns die »Kunst« ein für alle Mal mit Beschlag belegt zu haben scheint, wird der Snobismus geradezu gezüchtet.

Man muss sich, will man zu einem einigermaßen sichern Ergebnis in der Frage Reinhardt gelangen, aller Autoritäten- und Leutefurcht begeben und unterscheiden: Was will Reinhardt? Was hat er? Was erreicht er?

Zunächst: Er will doch wohl Geschäfte machen. Das steht fest. Ist ihm auch gar nicht zu verdenken. Er will aber dieses als einwandfrei zugegebene Ziel seiner Unternehmung auf einem »ungewöhnlichen« Pfad erreichen. Er experimentiert also, immer den Effekt vor Augen. Ihm ist es im Grunde weder um die »Belebung« Shakespeares – der das gar nicht nötig hat, am allerwenigsten auf dem Weg einer »Übertragung« ins noch so seelenvolle Ausstattungsstück – noch um die Förderung verkannter Begabungen zu tun. Der kühl erwägende Direktor kennt seine Zeit, die zur Kunst nicht eben reinliche Beziehungen unterhält, und ihre Bedürfnisse. Er hat seine Sache klug auf das Äußerlichste gestellt: Bewältigung der Massen durch Massen, übrigens keine neue Idee, gewiss aber eine bei einiger Energie – und darüber verfügt der Ehrgeizige – des Erfolges sichere. Herr Reinhardt will wirken. Und er sucht sich seine Mittel nach ihrer Tauglichkeit mit unleugbarem Spürsinn, aber schon weitaus anfechtbarerem Geschmack und setzt sie mit großem Dirigentenmut in Aktion, einem Mut, der keineswegs mit Künstlermut zu verwechseln ist, wie es beliebt wird (Kapitel: Suggestion).

Welche Mittel stehen ihm zur Verfügung? Ganz offenbar wird sich die Tauglichkeit dem subjektiven Ermessen des Entrepreneurs gemäß verhalten. Und es sei erlaubt, ganz ruhig, ohne Erhitzung des Gemütes, die Behauptung aufzustellen: Es gibt einen höher gearteten Geschmack in rebus aestheticis (die so ziemlich das ganze Leben eines feinsinnigen Menschen begreifen) als den Reinhardts und seiner Verkünder. Es handelt sich hier gar nicht einmal um die Unwägbarkeiten der »Nuance«, es sind viel gewichtigere Elemente, deren dieser Geschmack, ein Geschmack zweiter Güte, enträt. Vor allem eines: Theaterleute überhaupt – und dazu gehören auch die Leute, die von Berufs wegen Abend um Abend den »Sperrsitz« mit ihren rasch unter die Menge zu verteilenden Gefühlen belasten – sind sehr einseitige »Ästheten«. Die stete Beschäftigung mit dieser groben Welt unseres im Allgemeinen doch immer auf ein sehr primitives Genießen zugeschnittenen Theaters bringt es mit sich, dass die Organe der hier tauglichen Apperzeption sich abstumpfen. Und man darf das Schauspiel nicht immer nur am Schauspiel messen, ebenso wenig wie den Dichter nur am Dichter. Man stelle einmal die Probe an und wird bald bemerken: Die dichterischen Dichter vertragen die Messung an der Welt, die literarischen nie und nimmermehr.

Eine zweite Beobachtung will sich hier nicht unterdrücken lassen: Es gibt erschrecklich wenig gute Schauspieler.

Nun zu Reinhardt und seinem Haben.

Was ist des Vielgerühmten eigenster Besitz?

Nüchterne Berechnung, Routine, Sinn für szenische Milieuwirkung und ein scharfer Verstand. Künstlertum? (Ich schlage ein paar Namen wie Tasten an, das Wort zu beleben: Hoffmann, Mérimée, Balzac, Wilde, Bizet, Wagner, Bülow.) Trotz allen Enthusiasten des modern Klischees: nein. Wo reüssiert Reinhardts Truppe? In der »realistischen« Kleinkunst. Wo versagt sie? An der großen Kunst. Ist dem Ziele der Gesamtwirkung mit einzelnen guten Kräften gedient? Sonst nämlich sehe ich Mittelmäßiges, etwa noch ein paar gute Chargenspieler. Wo ist das Große, das Unbedingte, das Neue dieser lebendigen Mittel Reinhardts?

Man wird mir mit dem Pathos der Autosuggestion den Namen Eysoldt entgegendonnern. Gesetzt, diese sicherlich ungewöhnliche Darstellerin wäre die große Künstlerin, die man aus ihr gemacht hat, was besagte das für Reinhardt und sein Werk? Kann es guter Geschmack heißen, neben einen Stern Nummern zu stellen? Vom Publikum, nicht dem abgestumpften der Schwärmer, vom geschmackbegnadeten Publikum zu verlangen, dass es sich solche jähe Übergänge gefallen lasse?

Der Wiener ist im Allgemeinen leicht lenksam, und das Fremde hat für ihn immer etwas Reizendes. Das eigene Gute ist er nur zu leicht geneigt, achselzuckend zu übersehen. (Ich möchte – ohne erst Mitterwurzers, des Einzigen, Schatten zu beschwören – Vergessliche an die »Amphitryon«-Szenen zwischen Thimig und Tressler erinnern, an Baumeisters Götz, der Hohenfels Ophelia, Sonnenthals Lear.) Verlangt man von uns, wir sollten an dem Dilettantismus dieser Truppe Entzückungen erfahren, die wir, Genießer des Stils der »Comedie«, den Stil der Pohl-Meiser und Marans, die Künstlergröße Girardis dankbar verehren und die Odilon gekannt haben? Soll die immer unzulänglich bleibende, weil zu illusionsunfähigen Sinnen von Erwachsenen sprechende Kunst des szenischen Bühnenbildes uns darüber hinwegtäuschen, dass wir, mit wenigen Ausnahmen, keine Künstler vor uns haben? Und diese bei dem zu einer effektvollen Ausstattungskomödie umgeschaffenen »Sommernachtstraum« vielgepriesene Kunst des szenischen Bühnenbildes, ist sie wirklich unanfechtbar, ist sie so hinreißend groß, dass wir ihr unterlägen? Nein, und abermals nein. Zugestanden, der Wald ist »echt«. Aber sind wir denn Kinder, dass wir uns an derlei naiven Hautgouts allen Ernstes beseligten? Stil, Stil und wiederum Stil ist unsre Forderung an das moderne Theater, wie an jedes Theater, seit es ein Theater gibt (das griechische, das englische, das französische, das Weimaraner, das alte Burgtheater).

Stil verlangen wir, einheitlichen Rhythmus von dieser bewussten Täuschung der Szene, nicht eine mehr oder minder wohlfeile Realität der Inventarstücke und Mätzchen der Details. Shakespeare ist mein Maß für das Theater, nicht die echte Wasserpantomime im Zirkus. Und merken denn die, die von dem »poetischen« Wald, der »mitspielt«, schwärmen, nicht, dass der Mechanismus immer wieder, eben weil er vollkommen zu sein anstrebt, unangenehm an die Maschine gemahnt? Man hat sich voll Entzückens über den taumelnden Wald ausgesprochen, ausgesungen. Dass diese Drehmaschine – die Schauspieler markieren durch Heben der Beine Gehen, während die Scheibe kreist – auf einen geschmackvollen Zuseher nur peinlich, im besten Falle rührend-kläglich wirkt, muss, so selbstverständlich es scheint, doch der Frenesie der Bedingungslosen gegenüber hier betont werden.

Das Epigonentheater ist heut ein Atavismus und das realistische eine Geschmacklosigkeit. Nur der Stil kann uns, die wir nicht täglich den Sperrsitz mit unsern alsogleich zu verteilenden Gefühlen beschweren, das Theater überhaupt noch erträglich machen. Shakespeare ist so unsäglich »notwendig« wie alle große Kunst, wie Giorgione, wie Rubens, wie Watteau. Aber bringt man ihn aus dem stillen Buche, wo er im höchsten dramatischen Leben lebt, auf die Bühne, dann muss er den ihm immanenten Stil haben, und der wird nicht durch Feerien erzielt, sondern durch den Rhythmus, den Geist der Darstellung, möchte immerhin an den Soffitten die berühmte Tafel hängen: »Dies ist ein Wald.« (Heißt es etwa den Rhythmus steigern, wenn man die Rüpel überrüpelt?)

Was bleibt von Reinhardts umwälzenden Errungenschaften? Immer nur die Eysoldt. Lasst uns sie unbefangen würdigen. Sie ist ein Charakter. Gewiss. Ein Genie? – Und darum handelt es sich. Wir rufen Mitterwurzer, die Duse, Girardi in die Schranken. Ein Genie? Hat sie Überzeugungskraft, Leben, das belebt und mitnimmt, sieghaft unterwirft? Nein. Sie ist eine Virtuosin und gar nicht einmal sicher. Ihr »Puck«, den alles anstaunt, weil er braun ist und mit gespreizten Beinen dasteht, ist innerlich unecht, gemacht und daher zerbröckelnd in lauter Trümmer, die alle, alle anders sein könnten. Dieser Puck ist nicht aus Shakespeare geschöpft mit trunkener Künstlerseele, er ist ein Experiment des klugen Reinhardt, der »sich auskennt« mit den Leuten: Der Puck ist bisher ein Atlas- und Schleierding gewesen; sei er nunmehr – nehmen wir an, es hieße: sei er nun »endlich« – ein Raubein. Eine Kostüm-, keine Seelenfrage. Und Kostüm, Äußerlichstes, ist die ganze Verkörperung dieser göttlichen Schöpfung des Einzigen, nie mehr Wiederkehrenden. Man denke nur an die »Elektra«. Warum ist hier die Eysoldt bedeutend (sie ist es)? Weil sie, eine literarische

Kraft, einer literarischen Maske ihre problematische Existenz leiht. Aber der große Schauspieler beseele! Die »Elektra« ist kein Mensch, sondern ein Begriff oder, wenn man will, ein Ton, ein bis zum Zerreißen angespannter Ton, etwas Künstliches. Dieses Artifizielle ist der äußerlich und innerlich Artifiziellen gelungen. Schon nicht mehr das Spiel mit dem Leben, das Wedekind in seiner »Lulu«, höchst vermessen, genial gegen den Geist seines Materials sündigend, versucht hat. Was kommt bei der Eysoldt heraus? Ein Unding, ein zwischen Geschmacklosigkeit und Realistik schwankendes Unding. Wedekind ist nicht mit solchen Schauspielern zu spielen. Die Bühne der Zukunft verlangt Ironie, Selbstironie und unerhörte Leichtigkeit.

Aber bleiben wir im Leben (Wedekind ist luftleerer Raum). Shakespeare, der noch ans Theater geglaubt hat, dem das Theater nicht wie Wedekind ein Deridendum, sondern eine Atmosphäre gewesen ist, hat Gestalten geschaffen (Wedekind zieht Arabesken). Kann die Eysoldt gestalten? Ist dieser »Puck« mehr als ein Kuriosum, das schon nach den ersten Worten, sehr ungleichmäßig gesprochenen, dilettierenden Worten, seinen Attrapenreiz verliert. Puck ist »Stil«, die Eysoldt ist Stillosigkeit oder was dasselbe ist: Literatentum.

7. Inszenierung

Eine Prinzipienfrage

Felix v. Weingartner, der neue Direktor der Wiener Hofoper, hat den »Fidelio« – »in integrum restituiert«. Gustav Mahler hatte im Gefolge seiner vielgerühmten Wagner- und Mozartreformen auch Beethovens Wunderwerk durch Alfred Roller erneuern lassen. Gerechtigkeit ist die erste Pflicht des Kritikers. Vor allen Leitsätzen der Grundanschauungen gebührt ihrer Stimme der Vorrang. Und Gerechtigkeit muss rückhaltlos anerkennen: Wenn die dekorativen Taten der Ägide Mahler-Roller merkwürdig, fantasievoll, künstlerisch zielbewusst und trotz ihren gehäuften Mitteln klar gewesen sind, so nimmt darunter der neue »Fidelio« einen Ehrenplatz ein. Festzustellen, was ich nicht verhehlen mag, erachte ich als angenehme Verbindlichkeit. Mahlers »Fidelio«, nur vom Standpunkt der Bühnentechnik, der szenischen

Gestaltung betrachtet, war eine würdige, schöne, ja verführerische Leistung. Unvergesslich bleibt mir Pizarro-Weidemanns erstes Auftreten. Das war Schrecken, war Gewalttat, Willkür, die zermalmt. Straffes schwarzes Haar hing ihm glatt vom Haupt. Die bleiche Maske war von Ingrimm durchwühlt, der den Tyrannen, den ewig Misstrauischen, foltert. Seine gehetzten Soldaten, das waren innerlich schauernde Knechte des Despotismus. Wilde Angst fuhr mit diesem von Häschern begleiteten Wüterich wie ein Windstoß in die bange Gruppe um Rocco. Und wie wunderbar-herzbeklemmend das stumme, drohende Erscheinen der auf dem Wall schattenhaft auftauchenden Wächter, wenn die fesselbeladenen Gefangenen im engen Hofraume schüchtern die lahmen Glieder rühren! Das ganze Grausen einsam irgendwo in unbestimmbarer Vergangenheit ragender Zitadellen atmete beklommen zwischen diesen schweren, Schicksale begrabenden Mauern. Und dann der Gegensatz der wie ein Licht aufstrahlenden Freiheit im letzten Bilde!

Aber hier steht das Wort, das stillzuhalten zwingt in der Begeisterung des Rückwärtsblickenden, dem sich verklärende Erinnerung blendend in die Gedanken schleichen will. *Bild.* Diese großen Konturen, dieser Stil des gleichsam gerahmten Moments waren Inszenierung des »Bildes«. Und »Fidelio« ist *Musik*, nur Musik. Wagners Musikdrama, vom Dichter – Wagner war ein großer Dichter – in seinen illusionären Bühneneffekten deutlich umschrieben, verlangt, da alles hier Faktor des Gesamtkunstwerkes vorstellt, den Aufwand malerischer Szenenmittel; Mozarts auf dem Cannevas des Clavecinrezitativs ornamental gestickte Stilmusik duldet die stark aufs Theatralische der Farben und Masken gestellte Stilisierung von Szene und Akteur. Aber Beethoven – und ebenso die Nachklassik: Weber, Lortzing, Nicolai müssen diese Hilfe ablehnen. Warum? Hier setzen die Prinzipien ein und wagen es, recht behalten zu wollen gegen die Lockungen der Ausstattungssirenen.

Die deutsche Oper ist weder Tradition, symptomatische Kulturemanation wie Mozart (Parallele: Canaletto in der Malerei) noch die neue, von einer einzigartigen Künstlerindividualität geschaffene Einheit des Wagner'schen Dramas, das auf Geschlossenheit der musikalisch-szenisch-metaphysischen Wirkung ausgeht, sondern ein drittes, das zwar einerseits im Traditionellen (Musikalischen) wurzelt, andererseits

(»Freischütz!«) Wagner (Motive) vordeutet, trotzdem aber für sich betrachtet, für sich an sich gemessen und also bedient sein will. Weingartner hat unbedingt recht, wenn er den Fidelio »restituiert«. Die Mahler-Roller-Auffassung gefährdet Geist und Seele der Beethoven'schen »Oper«. Einigermaßen schmerzlich zwar, aber mit Überzeugung müssen wir Verzicht tun auf die Wagnerisierung Beethovens. Beethoven ist eine selbstherrliche Welt, eine gigantische Vorwelt. Nur aus ihr heraus ist diese Welt zu erfassen.

Was in andern, scheinbar ähnlichen Belangen bloß Modifikation ist – z. E. aus der Mozart- (»Figaro«-, »Don Juan«-) Szenerie die peinlich an gewisse gräuliche kunstgewerbliche Demonstrationssnobismen erinnernden Tapeziererürme zu entfernen, die, in missverstehender Variierung der symbolischen Tendenz der Flächenkunst, das effektiv Räumliche durch ein Zeichen zu ersetzen bestimmt waren – was, wie gesagt, im einzelnen bei den Mozart-, etwa auch den Wagnerbildern an diskreter Modifikation zu tun bleibt, das ist hier beim Fidelio mehr und etwas andres: System und künstlerische Weltanschauung. Nicht Schrulle eines zur Konventionalität gravitierenden prinzipiellen Neinsagers, sondern Prinzipien eines Andersgläubigen manifestieren sich hier. An eines sei zur Verdeutlichung erinnert: an Wagners Forderung des verborgenen Orchesters. So unbedingt richtig, instinktivsicher diese aus dem großartigen Komplex der Wagner'schen Kunstwelt erfließende Forderung für Wagners Werk ist, so wenig gemäß wäre sie bei Beethoven und der deutschen Oper (bei Mozart, dem das Orchester nicht Abgrund des Unbewussten, Fonds der Gefühlsdynamik, sondern einfach Instrumentenversammlung zu rein musikalischer Wirkung ist, erledigt sich die Frage – die Gefährdung der Klangwirkung dieser Musik beiseite – von selbst durch die Erwägung des traditionellen Moments). Und von denselben Grundsätzen muss die ehrfürchtige Verkörperung der Beethoven'schen Oper ausgehen. Die Handlung des Fidelio ist – von ihrer »Idealisierung« in der sinfonischen Musik Beethovens abgesehen – kein Typenrepertoire wie bei Mozart (nur der »Don Juan«, E. T. A. Hoffmanns »Don Juan«, ist Oper im späteren Verstände), keine dichterische, das ist symbolische Idee wie bei Wagners Drama, sondern Sujet, das ist Zufall. Das Sujet hat den Schöpfer der »Neunten« seltsam angezogen. Er hat das brave Schema dieser sentimentalischen Schauergeschichte vom sieggekrönten Opfermut und dem bestraften Laster (man denkt an Genovefa) zu seinen Zwecken benützt. Was daraus musikalisch geworden ist, weiß die Welt. Aber aus dem dünnen Draht dieser ehrlichen Handlung darf man keinen Stil erkünsteln (so wenig wie man die ebenmäßigen Züge dieser verklärten Musik durch naturalistische »Charakteristik« verhärten darf). Er bleibe, was er ist, tüchtige Mittelmäßigkeit des volksmäßig Rührseligen. Beethoven hat das Wort, er allein, und es braust der Sturm des Genies durch das erschauernde Herz. Wer diesem Einzigen durch noch so brillant herausgebrachte Experimente der Sinnfälligkeit nachzuhelfen unternimmt, tastet an der Oberfläche des herrlichen Werkes entlang, kommt nicht zum glühenden Mittelpunkt, der Seele des Titanen. »Glüh' entgegen« ist die Goethe'sche Devise des alten Fidelio.

Zur Ästhetik der Ausstellungen

In Begleitung aus der Provinz zugereister Verwandten hab ich neulich eine Modeausstellung besucht. Der Eindruck war überwältigend. Was da zu den versöhnlich stimmenden Weisen der obligaten Musikkapelle hinter Glas und unverglast den erst bestürzten, dann lächelnden Augen sich bot, war eine wahre Orgie der Geschmacklosigkeit. Vereinzeltes Treffliche konnte nicht aufkommen, unterlag der Wucht der Masse.

Ausstellungen überhaupt sind eine als ästhetischer Gesamteindruck peinliche Sache. Ausstellungen aber von Modeartikeln, Gegenständen der Bekleidung, der Ausstattung, des täglichen kleinen und großen Luxus sind unbedingt hässlich, weil diesen Dingen in unsrer Zeit der Zusammenhang fehlt, weil das, was Mode heißt, nicht Stil ist. Und nur Stil, so disparat das Einzelne zum Einzelnen sich theoretisch auch verhalten möge, nur Stil schafft unbefangen Zusammenhänge. Wenn wir heut eine auch nicht von den feinsten Händen gerüstete Ausstellung *historischer* Gegenstände des täglichen Lebens besuchen, fühlen wir uns von der Einheitlichkeit des Abgeschlossenen harmonisch berührt. Aber eine Versammlung des *Zufälligen*, des vom Einzelnen willkürlich Erzeugten kann nicht anders als übel wirken. Wenn man in einem Glaskasten auf plüschverhängtem Sockel um die Büste eines Monarchen Halskragen oder Handschuhe oder Schirmgriffe oder Straußfedern gruppiert sieht, so ist das ästhetisch ein Unfug gräulichster Art. Und hunderte solcher Glaskasten von den verschiedensten Gestalten ergeben eine um nichts imponierendere Versammlung.

Ich kann mir ganz gut vorstellen, dass hunderttausend Badeschwämme oder hunderttausend weiße Handschuhe, zu Haufen getürmt oder sonstwie gestapelt, angenehm dekorativ, ja mächtig wirken müssten. Aber 50 Paar Handschuhe auf der einen Seite und die Ausrüstungsgegenstände des Touristen in »malerischer« Gruppe (womöglich mit Panoramahintergrund!) gegenüber sind zusammen eine Geschmacklosigkeit.

Man merkt die »springenden Punkte«. Es ist zu unterscheiden zwischen dem »an sich« geschmacklosen Darstellungsmittel – die »so mit Recht« beliebten »Tableaus« der Schneider und Schneiderinnen: diese läppischen Panoptikumszenen! – und dem was in einer gewissen

Anordnung und Zusammenfügung erst geschmacklos wirkt; ferner dem auf geschmacklose Weise hergestellten Gegenstand und dem geschmacklosen »Ding an sich« (so z. B. sind ein Gummizugschuh, eine »fertige« Krawatte, ein Zelluloidkragen, ein Kragenschoner mit Druckknopf etc. etc. »an sich« geschmacklose Dinge, gegen die man mit Hohn ankämpfen, die man mit Wut austilgen, nicht ausstellen sollte!).

Ausstellungen überhaupt sind, wie alles Demonstrative, eigentlich eine Geschmacklosigkeit. Ausstellungen – abgesehen von historischen – können nur durch Anordnung der auszustellenden Gegenstände nach *ästhetischen* Gesichtspunkten erträglich werden (Analogon: das ästhetische Schaufenster). In unsern Ausstellungen unterliegt das Streben nach Gesamteindruck – bleibe hier dahingestellt, ob seine Arrangeure, die Kommission, den *richtigen* als Ziel erfassen – dem Einzelstreben der undisziplinierten und geschmacklosen Ausstellerindividuen. Mit der Tradition des Ausstellungswesens (Tableaus, Gruppen, Embleme, Allegorien) ist zu brechen (da denn Ausstellungen überhaupt sein müssen; die Gründe sind rein geschäftlicher Natur). Die Jury – zusammengesetzt aus ästhetisch maßgebenden Faktoren – müsste auf das Strengste die Auswahl treffen.

Heute sieht die Sache so aus: Jede Firma wird zugelassen. Ausstellungen dienen ja dem Angebot. Es will sich begreiflicherweise jeder bei solcher Gelegenheit zeigen. Der Inhaber oder seine Angestellten besorgen das Arrangement ihres Pavillons, ihres Standplatzes. Das Ergebnis ist entsetzlich. Ist das ein Wunder? Ferner: Es wird zu Ausstellungszwecken *produziert*. Also Demonstrationsobjekte schnödester Natur. Und das Gesamtbild? Hier eine Modistin aus der Vorstadt mit den Ausgeburten ihrer ehrgeizgekitzelten Fantasie, dort ein Massenerzeuger von Surrogatware, der mit der Devise: »Jedem etwas« seinen Kram auslegt. Ein greller Farben- und Formenlärm auf engem Raum, dazu die bloß nach Utilitätsgründen verteilte Beleuchtung, wilde »Dekoration« und das Promenadekonzert nebst angehängtem Büfettsalon. Ein Kapitel »Kultur«.

Ein Mahnwort an Erben

Ich besaß es doch einmal,
was so köstlich ist ...

1. Eine Wiener Glosse

Wieder einmal rüstet man sich, unsre Stadt auf das Empfindlichste zu schädigen, sie einer niemals zurückzugewinnenden Schönheit kaltblütig zu berauben. Und Wien bleibt ruhig. Kein Aufruhr durchbraust es. Gevatter und Gevatterin lesen neben Todesfällen und Theaternachrichten mit flüchtigen Blicken die nicht allzu belangvolle Mitteilung, meditieren darüber nicht weiter und gehen ihren Geschäften nach.

Man beabsichtigt, einen der wenigen monumentalen Prospekte zu zerstören, der Wien aus seinen großen historischen Zeiten noch geblieben ist: das Gebäude des Kriegsministeriums »am Hof«.

Bürger dieser schon so arg und unrettbar geschädigten Stadt, ich muss wohl oder übel annehmen, dass ihr nicht sehet, was um euch vorgeht im Sichtbaren, dass alles, was nicht an eure nächsten Zwecke rührt, für euch nicht vorhanden ist; aber bedenket: Mit eurer alten Stadt schwindet ein Teil der euch nährenden Atmosphäre, der Boden wankt, darauf ihr eure Utilitarierschritte schreitet, die Fremde tut sich um euch Arglose auf, die Heimat wandelt sich ins Elend.

Ich weiß, es macht euch nichts aus, dass dort, wo ein harmonisches Gebilde gestanden hatte aus Urväterzeiten, sich irgendein architektonisches Monstrum räkelt mit dem Stempel der Gemeinheit vor der wulstigen Stirn. Ihr habt dem Alten nichts abgewinnen können und beurteilt das Neue nicht. Aber ihr, die ihr so gleichmütig seid, glaubet nicht, dass eine schleichende Pest minder wirksam sei als eine plötzliche Katastrophe. Wo ein Leichnam liegt, verderben die Quellen. In einer Stadt, in der die Schönheit an der Wurzel abstirbt, erkrankt leise die Luft. In einer Stadt, wo sich an die Stelle des Ruhigen, des Großen, des Rhythmischen das Lärmende, das Kleinliche, das Falsche drängen, erhält das Leben ein fahles, faltiges, gehetztes Antlitz.

Bedenket eines, ihr gleichgültigen Bürger einer einst wunderbaren Stadt. Diese Stadt stand um euch in gelassener Existenz. Sie hat euch nicht gestört, sie war aber eine stumme Macht über euer Leben, über das Schicksal eurer noch ungebornen Kinder.

Betrachtet den Dom von St. Stefan. Ihr lasset ihn immer wieder in süßlichen Couplets euch preisen, trinkt Grinzinger zu dem klebrigen Singsang und fühlet euch als beati possidentes. Nehmet an, man verfügte mit eins über euren »alten Steffel«. Man beliebte, ihn abzutragen. Das dünkt euch widersinnig, unmöglich.

Aber glaubet mir, genau so widersinnig ist es, wenn man euch – nicht hinterm Rücken etwa, sondern vor euren stumpfen Augen – das Kriegsministerium »am Hof« abträgt. Es ist kein »Wahrzeichen« wie der Stock im Eisen, der eine Reliquie ist, die ohne die Legende nichts vorstellt als ein ehrwürdiges Kuriosum, es ist weit mehr als so ein erst zu kommentierendes Wahrzeichen: *eine architektonische Schönheit.* Das Kriegsministerialgebäude ist nicht bloß ehrwürdig vor Alter, sondern weit mehr, es ist ehrwürdig um *seiner großartigen Existenz willen.* Es ist ein Prospekt wie die Hofreitschule, wie die Stallburg, wie das Belvédère, die Karlskirche, das Dominikanerkloster, die Technik.

Prachtvoll schließt diese breite Masse eine Sicht ab. Man nennt dies eben darum einen Abschluss. Das Auge will ruhen. Es fliegt durch Straßen und sucht, wo es eine Weile bleiben darf. Auf dem Dominikanerkloster darf es bleiben, auf der Stallburg. Meint ihr, es verweilte mit Behagen auf euren zinstragenden schändlichen Neubauten, etwa auf den protzigen Kulissen der »erweiterten« Kärntnerstraße, des schmählich geschändeten »Neuen Marktes« (in dessen Mitte, Daniel zwischen den Bestien, Rafael Donners herrlicher Brunnen ein verwunschenes Dasein führt)? Das »Kriegsministerium« war ihm – ihr ahnt es nicht, Gleichgültige – ein Labsal, eine Friedensstätte.

Nun wollt ihr ihm das Asyl rauben, es weiter schicken in wilder Flucht hinab zum Quai. Warum? Damit die Wagen keinen Umweg zu machen brauchen und der Dienstmann seinen Gang zweckdienlicher einrichte? Der Wahnsinn der Straßenerweiterung reitet eure Doktrinäre.

Fern sei es von mir, heilsamer Verbreiterung des Luft-, Licht- und Bewegungsraumes, ein engherziger Fürsprecher der Enge, mich – theoretisch-platonisch freilich nur – zu widersetzen. Aber es gibt –

das Problematische jener Sucht unberedet – ein Höheres als moderne Prinzipien und ihr Götzendienst: *die Ehrfurcht vor ehrwürdigem Erbe.*

Was macht den Ruhm unsrer alten Städte aus? Nicht ihre Wählerversammlungen, sondern ihre sichtbare Historie. Das, was eine Stadt an drängendem Leben erfüllt, ist nicht ihr Gehalt. Ihr Wesen ist ihre *Physiognomie.* Die aber hat die Zeit geschaffen.

Und geruhig kann man sagen: Alles, was aus den frühern Zeiten, denen, die Kultur besaßen (wir haben keine, wir haben dafür – betrogene Betrüger – den »Fortschritt« und die »Freiheit«) stammt, ist architektonisch wertvoll (hygienisch manchmal fragwürdig, zugegeben). Was man an die Stelle setzt, ist schlecht, zumindest dubios.

Es wird hier auch nicht altem Gerümpel, baufälligem Verkehrshindernis das Wort geredet. Es wird nur darauf hingewiesen, dass es Bauten gibt, die erhalten bleiben *müssen,* soll eine Stadt nicht um ihr historisch-ästhetisch-individuelles Wesen kommen; dass es Häuser gibt, die *ganze* Noten sind im Gewirr der Trillerketten, die uns heute allüberall überrieseln; dass manchmal noch so löbliche Vorwärtsdrängerei sich bescheiden soll vor gehaltvollem Erbtum; dass man um Gottes willen gelegentlich einmal doch vergleichen möge, was man gehabt hat und was man dereinst wird ausweisen können! –

2. Ein Wiener Memento

Noch einmal, eh es zu spät ist, möchte ein Wiener – und vom Ausland aus, nach Vätersitte, – seine Mitbürger vor weichlicher Gelassenheit warnen, die Möglichkeit unersetzlichen Verlustes scheinbar teilnahmslosen Augen grell, schreiend schildern. Mit dem Gebäude des Reichskriegsministeriums »Am Hof« fiele nicht nur ein historisches Monument, mit seiner Verwüstung schwände nicht bloß eine manchem der täglich Vorüberwandelnden liebe Erscheinung, verblasste nicht bloß ein starkes Stück Wien (die Bognergasse war noch vor Kurzem ein lückenloses Kapitel Barocke) zur Erinnerung: – ein Element der *seelischen Kultur* würde Generationen geraubt, künftigen Geschlechtern grausam, grundlos vorenthalten; denn die Erweiterungszwecke sind doch ernstlich kein Einwand gegen die Verteidiger des *wahren Wesens* einer großen Stadt!

Was ist dieses prächtige Gebäude, abgesehen davon, dass es ein »Monument« vorstellt? (Heute versteht man unter Monumenten schnöde Bildwerke, wie sie auch schon unsre lang verschont gebliebene Stadt »schmücken«.) *Eine der wundervollsten Kulissen Wiens.* Weiß man, was im architektonischen Charakterbilde einer Stadt eine Kulisse heißt? Seht euch um, Mitbürger, wie man unsern Schauplatz, unsre »Szene« allgemach verwandelt hat. Vergleichet einmal Hinzugekommenes, all diese protzigen, klotzigen, hässlichen, unsäglich gemeinen Emporkömmlinge mit dem erlauchten Bestände, mit den organischen Gliedern eines herrlichen Ganzen, das nicht mehr als ein riesiger Torso ist: dem Wien, das wir Musikanten (in E. T. A. Hoffmanns Sinne) meinen, wenn wir Wien sagen. Heute freilich fühlt einer, fühlen Tausende bei dem Wort, das andern ganz anders nah geht, die »Lustige Witwe« oder gar etwas Literarisches (»Wiener Note« – »Nachbarin, Euer Fläschchen!«); andre, ehrlich und deutlich gesagt: *Bessere* fühlen ganz was anders, etwas, das sich ohne Lebende Bildermumpitz aus der lebendigen, im *Herzen* lebenden Tradition ergibt, die so etwa hinklingt, lässig angeschlagen: Prinz Eugen, Haydn, Mozart, Kongress, Gentz, Prater, Schönbrunn, Bauernfeld, Nestroy, Grillparzer, Saar, eine Tradition, die in Palästen wie in Vorstadtstuben, beim Heurigen wie in der Freudenau noch mitschwingt, unhörbar groben Ohren, unendlich süß und wehmütig zugleich musikalischen. *Dieses* Wien lebt nur mehr inkognito, verschämt fast im Lärm des unangenehmen Intellekts, der jetzt die reizende Stadt Fremden fälscht, Einheimischen nahezu verleidet. Und von diesem herrlichsten Erbe stehen noch einige steinerne Zeugen, darunter das »Kriegsministerium«. Noch einmal: Nicht »historisch« ist das gesagt, nicht bloß ästhetisch gemeint von einem, der sich in die hässliche Welt der Plakate und Grammofone nicht hineinfinden kann, sondern *ethisch!* Die imposante breite Masse dieses harmonisch gegliederten Gebäudes ist mehr als ein geradezu einzigartig schöner Abschluss einer Perspektive: Sie ist ein *Faktor der Seele von Geschlechtern.* Glaubt ihr, Mitbürger, dass euren Kindern gar nichts fehlen würde, wenn sie fehlte? Auch denen, die gar nicht wüssten, dass es jemals etwas so unerhört Vornehmes wie dieses Haus gegeben hätte, würde etwas fehlen. Sicherlich! Es ist durchaus nicht gleichgültig, ob einer in erfüllter oder ob er in leerer Umgebung erwachse. Es ist durchaus nicht belanglos für das Wesen eines Werdenden, welche Eindrücke seine (noch so gleichgültigen) Sinne, die unbewusst offnen, empfangen, aufnehmen, still verarbeiten. Wehe dem Kinde, das in einer Stadt aufwüchse, die nichts vom großen, echten Erbe der verschwundenen Zeit besäße! Sehet die Amerikaner, die »praktischen«, wie *arm* sie sind. »Unser Kontinent, das alte«, hat in seinen Vergangenheiten – auch den verlorenen – eine Fülle der seelischen Kraft, die uns festigt zum Kampf gegen das stampfend gegen uns antrampelnde Gemeine. »Nicht vom Brote lebt der Mensch, sondern von jedem Worte, das aus dem Munde Gottes kommt.« Die große Kunst aber ist von Gott.

Und nun geht hin und reißt wieder einmal ein adeliges Stück »Natur« gewordener Architektur aus dem wehrlosen Leib dieser geliebten Stadt, geht hin und entfernt alles, was anmutig, harmonisch, gelassen, selig in sich selbst ist, zerstört den Platz am Hof, den Franziskanerplatz, vielleicht auch den Josephsplatz. – – – Ihr regaliert uns ja dann großmütig wieder mit der Panoptikum-»Kunst« eurer Denkmäler.

Vom ästhetischen Wesen der Baukunst

Wenn man von Payerbach im Raxgebiet auf der Landstraße den Semmering erreichen will, muss man den Ort Gloggnitz durchfahren. Auf einem bewaldeten Hügel steht das Kloster Gloggnitz. Beim Verlassen des Ortes wird dem sich Rückwendenden ein prachtvoller Anblick: Breit liegt die weiße Front des mächtigen Gebäudes, mit vielen gleichförmigen Fenstern, die grüne Laden haben, grüßend, vor dem sich entfernenden Betrachter, dem, wie er höher und weiter gelangt, das ruhige Haus immer heimlicher und fremder zugleich an den grünen Baumhintergrund der Berge sich fügt: keine Störung des frischen Naturbildes, eine Vertiefung nur seiner beruhigenden und erheiternden Wirkung.

Das Haus ist auf das Einfachste gestaltet: eine klare Stirn, ein mit gemütlichen Luken freundlich sie krönendes Dach, das voll zur Darstellung gelangt, ein kuppeliger Turm, der gelassen emporsteigt, das Ganze auf sanfter, aber beherrschender Anhöhe, weithin sichtbar. Und solcher Bauten, Kirchen und Schlösser aus dem 18. Jahrhundert gibt es eine große Zahl im Alpenland. Ob vielen derer, die sie mit bewusster und unbewusster Wollust im Reisen beschauen, deutlich geworden ist, dass diese schlichten Gebäude, die es an Lieblichkeit, Größe und Nachhaltigkeit des Eindrucks mit der unsterblichen Natur aufnehmen, das Wesen der schönen Baukunst in einfachen Noten verkünden: *Masse* und *Perspektive*? Man kann ruhig sagen: Alles, was in unsern deutschen Ländern aus jener Zeit stammt an Architektur, vom fürstlichen Palais der Großstadt angefangen bis hinab zum behäbigen Bauernhof, ist trefflich, und fast alles, was unsre Epoche, das eiserne Jahrhundert hervorgebracht hat (von der jüngsten – freilich noch sehr schwankenden – Renaissance abgesehen), ist schlecht.

Man geht heute – und damit sei denn wohlwollend »gestern« gemeint – beim Bauen nicht von ästhetischen, sondern von rein utilitaristisch-rationalistischen Grundsätzen aus (und klebt das »Schöne« als ein nicht wohl zu Entbehrendes voll Missverstand und ohne Überzeugung schmählich zum Schlusse darauf). Man reißt heute (und »heute« mehr als gestern und morgen mehr als heute!) voll Dünkels das Erbe an prächtigen alten Gebäuden nieder und setzt wahrhaft Furchtbares

im Namen der Zivilisation an seine Stelle. Man zerstört den unwillkür-
lichen Rhythmus der alten Straßen und bahnt der Willkür im Namen
des Verkehrs die wimmelnd-öden Gassen der Bewegungsfreiheit. Nicht
vom Standpunkt der Pietät und der Historie soll hier diesem grauen-
haften Unfug, der wie eine Seuche alle leider »maßgebenden Kreise«
erfasst hat, widersprochen werden, einzig von dem der baulichen Ge-
setzmäßigkeit.

Denn alle Kunst hat ihre aus ihrem Wesen fließenden Gesetze. Das
Wesen der Baukunst aber ist Überwindung einerseits des Raumes
durch die *Harmonie* der räumlichen Verhältnisse, Überwindung der
Schwere anderseits durch die Ordnung der Bestandteile. Alles Bedeutende – und das Kleinste kann es verhältnismäßig sein – bestätigt sich
durch *Einheit* und *innere Wahrheit*. Unsere neueren Bauten sind
durchaus verworren und lügenhaft. Unsere neuen Städte sind
scheußlich im Ganzen: ein zusammenhängendes Stückwerk, und
gräulich im Einzelnen: engherzige »Tendenz« (Barnutzen) verschränkt
sich der Afterprunksucht des Emporkömmlings.

Waren jene guten alten Gebäude Zeichen und Zeugen einer großli-
nigen *Kultur* (auch die sichere Gesellschaftsordnung der Vergangenheit
ist Kultur gewesen: *gewordener* Ausdruck der Verhältnisse), sind unsre
schlechten neuen Verräter unsrer zerbrochenen Zivilisation, dieses
Trödellagers, dieses Trümmerhaufens von zwecklosem Detail.

Jene zwiefache Überwindung, die ich das Wesen der Baukunst genannt habe, setzt sich in eine fortlaufende Gleichung zum essentiellen
Gehalt aller Künste. Sie (wie die Welt, soweit sie der Mensch nicht
schändet) sind, philosophisch betrachtet, Probleme der Form. Die
Form ist das Ewige, das Sich-in-sich-selbst-Erhaltende. Aber nur solche
Form heißt mit Fug so, die restlos aus ihren Faktoren sich ergibt.
Keine stumpfe Scheidung zwischen »Inhalt« und »Form«. Im Symbol
der Kugel drückt sich das Prinzip der sich selbst erzeugenden Einheit
aus (der Mittelpunkt enthält sie).

Die Raumkunst aber lebt, wie die Musik in den Intervallen, wie die
Wortkunst in der Gewichtsverteilung der Worte, die Malerei in der
Beziehung der Farben, im *Verhältnis der Glieder zum Ganzen*. Sie ist
tot, wenn dieses Verhältnis nicht von sich selbst überzeugt. Alle unsre
schlechten Gebäude widerlegen sich selbst: Man muss zu unwesenhaf-
ten *Zweckbegriffen* (außerhalb der Ästhetik der Architektur) flüchten,

will man sie – nicht verzeihen, nur überhaupt als Existenzen konstatieren.

Masse und *Perspektive* sind die Maßstäbe, die Krücken zu einer
Erkenntnis, die viel »tiefer als im Zweck«, die im metaphysischen Be-
dürfnis des Menschen begründet ist. Beide, Masse und Perspektive
(Distanz), vereinzeln und vergesellschaften zugleich das Gebäude.
Trägt es ihnen Rechnung, dann darf es sich unbefangen mitten in die
Natur stellen, wie mein liebes altes Kloster von Gloggnitz.

Das Buch

1. Wesen

Heut, in der Ära des »Buchschmuckes« – Gott verdamm ihn! – Klage zu erheben über das Äußere neuer Bücher, mag manchem einigermaßen paradox, wenn nicht gar ungerecht erscheinen. Dennoch ist es einem zärtlichen Liebhaber schöner Buchindividuen Bedürfnis. Man täusche sich nicht. Wir haben in den letzten Jahren allerhand kostbar und aufmerksam hergestellte Bücher zu Gesicht und in die Hand bekommen. Man hat sich apart, kapriziös gegeben. Aber mich dünkt, als sei da nicht so sehr der Handlichkeit, Lesbarkeit, Dauerhaftigkeit, Schärfe, Klarheit, Gediegenheit und ehrlichen Daseinsfröhlichkeit gedient worden, als vielmehr von vornherein Sonderbarkeit und Prunk beabsichtigt gewesen. Wenn auch die richtige Überzeugung zugrunde gelegen hatte, das Buch als technisches Produkt müsse Kunstwerk, dürfe nicht gedankenloser Massenartikel sein. Ein Heer von »dekorierenden« Künstlern hat sich auf das neue Arbeitsfeld geworfen. Wir haben denn auch manch eine wertvolle Gabe urständiger Künstlerschaft erhalten, freilich weit mehr an innerlich leerer Unverfrorenheit und im Ganzen blutwenig wirklich Geschmackvolles. (Wo soll denn auch ein solcher deutscher »Künstler« Geschmack herhaben? *Seht ihn euch doch nur an*, er ist ja selbst ein Jammerbild vom Kopf bis zu den Zehen, unerzogen, ungeschickt, ungepflegt, unbequem, zu guter Letzt noch unnatürlich!) Eines ist fast ganz außer Bereich der treibenden Absichten geblieben: dem *Wesen* des Buches hingebungsvoll zu dienen.

Was ist das Wesen des Buches? Papier, Format und Druck, in zweiter Linie Umschlag, Einband sind die seinem Begriffe gemäßen notwendigen Bestandteile. Ein festes, dauerhaftes, klares Papier, tunlichst edlen Materials (*Hand*werk, nicht Fabrikerzeugnis wünscht sich der Bibliophile, sieht aber verzichtend ein, dass das nicht Norm sein könne), scharfer, reiner, satter, klarer, großer Druck, breitrandiges, handliches Format sind die wichtigsten Anforderungen. Dann sei des Papiers nicht gerade genug, sondern mehr, will sagen, man spare nicht mit weißen Blättern (drucke nicht – scheußlicher Missbrauch – auf die letzte Seite Anzeigen!); sie sind Schmuck und Schutz zugleich. Damit sei der Verschwendung nicht das Wort gesprochen: Alles über seinen Zweck Hinausstürmende vermag den Einsichtigen nur zu ärgern. Und: Man verteile die Druckmasse, den Satz, mit Rücksicht auf die bequemere Arbeit des Zeilen durcheilenden Auges sowohl als das rein räumliche Gleichgewicht der Einzelseite. Man beachte die Typen! (Ein Kapitel, in dem der neue »Buchschmuck« barbarisch, grundsatz- und kenntnislos, wirtschaftet).

Man nehme die bessern Bücher vom Anfange des 19. Jahrhunderts heran. Wie leicht liest sich das! Wie angenehm ist ihre handliche Dicke, mit wie feinem Takt ist der Rand gemessen; blendendweiß und doch nicht glänzend, blättern sich die Seiten auf. Unverwischbar prangt in schlichter Vornehmheit (der einzig echten) der schön abgesetzte Druck. Der ästhetisch veranlagte Bücherfreund verzichtet freudig auf alle gedankenlosen Vignetten und Seitenumrahmungen. Mehr: Dem Unfug sollte endlich durch ein Massenaufgebot blutigsten Hohns gesteuert werden. Die Seitenzahl zwischen zwei schmalen Strichen, in gehöriger Distanz vom Text, befriedigt und genügt als Kopf. Wie schön sind die übersichtlich eingeteilten Titelblätter! Man überzeuge sich an alten Ausgaben von Goethes, Thümels, Heinses, Hoffmanns Werken. Aber ein Titelblatt von heute! Man stellt sich gleichsam auf den Kopf. Es ist der reine Affenzirkus. Statt klarer *Verhältnisse* – darin liegt das ganze Geheimnis – gibt man aufdringliche Allotria zum Besten.

Und der Einband! Der englische Verleger überlässt das Binden dem Käufer. Er kartoniert seine Bücher oder hängt sie unbeschnitten in anspruchslose Leinenwände. Dafür sorgt er, dass Papier und Druck tadellos sich präsentieren. Die deutschen Bücher seit dem Anfang der neueren Barbarei (1870 etwa) geben sich äußerlich protzig, überladen mit wohlfeiler Goldpressung und sparen dafür an Satz und Papier. Im Einband hat die kunstgewerbliche Bewegung seit den neunziger Jahren Wandel geschaffen, meinem Empfinden nach aber das Wesen nicht begriffen. Ein einzelner gefälliger Einband von geschmackvoller Künstlerhand wiegt den Mangel an edel-stiller Mittelware nicht auf. Der Leinenband der üblichen Klassikerausgaben – mit dem hass- und verachtungswürdigen Ornament – ist ein beschämendes Zeugnis für den deutschen Leser.

Der Schnitt! Ein Kapitel endlosen Jammers des Bücherfreundes. Die Kunst der glatten Schnittfarbengebung (nicht abfärbend, nicht verrinnend, einheitlich und diskret getönt) scheint wirklich abhanden gekommen zu sein. Was erlebt man da beim handwerksmäßigen Buchbinder! Das dick aufgetragene Gold tut's nicht. Jedes bessere englische oder französische Buch hat einen soliden Kopfschnitt. Und was für herrliche Nuancen erfreuen den Bibliothekenspürer an älteren deutschen Ausgaben. Ich erinnere nur an den zum moirierten Grau des ehrlichen Leinwanddeckels anheimelnd abgesetzten gelben Schnitt der Kleinoktavausgabe von Goethes Werken (»Vollständige Ausgabe letzter Hand. Unter des durchlauchtigsten deutschen Bundes schützenden Privilegien.« 1828–1833.)

Das Kapitalband. Dass es dem Gesamtcharakter des Bucheinbandes angemessen sein müsse, scheint man nicht mehr zu begreifen. Und wie schlecht sitzen die Bogen an dem innen mit Zeitungspapier nachlässig verklebten Rückenfalz!

Das Vorsatzpapier! Weites Feld empörender Fabriksmache. (Hier hat zumal der »Insel«-Verlag in Leipzig Treffliches gezeigt.)

Das Publikum ist an dem allen schuld. Das Bedürfnis nach guter Buchware fehlt. Das Buch ist nicht mehr der ehrliche Freund des stillen Lesers. Schreiende Titelbilder räkeln sich in den Auslagenfenstern. Um jeden Preis soll der erste beste gewonnen werden. Die teuern Luxusbände sind für die Menschen da, die schon sowieso um das Wesen der Buchschönheit wissen. Für die andern arbeitet die Dampfpresse nach »bewährter« Schablone.

2. Buchkunst

Die schauderhafte »Buchschmuck-Bewegung« der neunziger Jahre beginnt bei uns gottlob abzuflauen. Kompromittierendes ist zwar noch reichlich vorhanden, und weitverbreitete schnöde Typen gebären sich endlos fort, aber vielfach hat man die Langweiligkeit und Geschmacklosigkeit kitschiger Ornamente, wenn nicht eingesehen, doch gefühlt, und tüchtige Firmen haben gezeigt, dass man auch in Deutschland endlich wieder an die herrliche Tradition – unsere Bücher vom Anfang bis in die Mitte des 19. Jahrhunderts – mit Verständnis anzuknüpfen bereit und seelisch wie technisch in der Lage sei. Im Allgemeinen freilich steht's noch recht schlimm darum. Es fehlt der ruhige Blick für das edle stille Ziel, es fehlt am Sinn für das bessere Bedürfnis. Man experimentiert noch immer, *weiß* nicht, worauf es ankomme.

Soll ich meinen Eindruck von der Art, wie heute von unternehmenden deutschen Verlegern Bücher gemacht werden, in ein Wort zusammenfassen, so lautet mein Tadel: unharmonisch. Es fehlt den Druckwerken, die sich auf den ersten Blick oft recht gefällig präsentieren, an der *Einheit*. Und *nur* in dieser Einheit, die *Notwendigkeit* verkündet, beruht das Geheimnis der wunderbaren Wirkung aller älteren deutschen und der französischen und englischen guten Publikationen. Unsere Verleger schießen fast immer übers Ziel hinaus, oder sie haben keinen Sinn für das Wesentliche. Sie fahnden unruhig nach dem neuen und originellen »Buch *künstler*« und gehen an trefflichen Mustern des Bücher *lebens* vorüber. So machen sie immer wieder leere, tote, meist fratzenhafte Bücher. Leider sind bei uns noch immer die künstlerischen Einfälle landesüblich und werden von den nur allzu rührigen Verlegern unentwegt mit Stil verwechselt. Dieses »Künstlerische« ist überhaupt der Krebsschaden unsrer um allen Stil betrogenen Zeit, eine richtige Krätze.

Möchten doch die Deutschen wieder einmal bei den Franzosen in die Schule gehen, nicht etwa nur den neuesten, auch nicht den »klassischen« Alten, sondern bei denen der gleichgültigen sechziger und siebziger Jahre zum Beispiel. Eine Luxusausgabe etwa von Jouaust. Was ist der Grund der unbeschreiblich vornehmen Wirkung der Textseite? Das *Verhältnis*, die Ruhe, die von aller »Absicht« entbürdete *Sicherheit des Geratenen. Nichts als kostbares Papier und guter Druck.* Nichts sonst – aber wie verschmolzen zum Eindruck des Verehrungswürdigen!

Bei uns ist man immer auf »Kultur« aus. Welch ein Irrtum! Man *hat* Erziehung, das ist alles. Und die Deutschen haben Erziehung genossen – in verschollenen Zeiten … Geht in die Kinderstube eurer Tradition, fürwitzige Kulturförderer; vielleicht lernt ihr doch noch das Gruseln! …

Zum hundertsten Male: Zu einem guten Buch braucht man keinen »Buchkünstler«, sondern »bloß« – Geschmack und solide Arbeit in solidem Material. Zum Teufel mit allen »rhythmisch abgewogenen

Liniaturen«; seht und schaffet das *richtige Verhältnis von Satzspiegel zur Seite, von Type zum Format.*

Psychologie der Kleidung

1. Vom Geschmack in der Männerkleidung

In einer reichsdeutschen illustrierten Zeitung hab ich jüngst das Porträt eines (mir unbekannten) deutschen Bildhauers gesehen. Er war vom Fotografen unter seinen Werken aufgenommen worden (auch dies nicht eben geschmackvoll). Neben edeln nackten Leibern und strengen Masken sah man da einen Mann mit ungepflegtem Kopf- und Barthaar in der scheußlichen Körperumhüllung, die der neuzeitliche Mann, zumal der deutsche Mann, ohne daran im Geringsten Anstoß zu nehmen, täglich trägt und erträgt. Umso krasser für den anders, empfindlicher empfindenden Betrachter, als hier ein Künstler, also ein Mensch von angenommenermaßen hoch entwickelter sinnlicher Artung, sich so barbarisch entstellt erwies. Man schließt auf völligen Mangel an Geschmack. Und muss doch anderseits sich in diesem wie in allen ähnlichen Fällen aus dem vielleicht imponierenden Werk seines Geistes, seiner Hände einen Künstler bestätigen. So ist denn Geschmacklosigkeit, evidente Geschmacklosigkeit mit Künstlertum heute vereint und vereinbar. Unzählig sind die Beweise dafür. Nur eines noch – aus einem teilweis andern Gebiet – für tausend: Gleichfalls in einer illustrierten reichsdeutschen Zeitung erinnere ich mich vor Jahren die Fotografie eines berühmten deutschen Dichters gesehen zu haben, der in einer Landschaft mit seiner Frau zu einer unsäglich albern wirkenden Gruppe vereinigt dargestellt war: Pathetisch-gelassen legte der Dichter, in der üblichen geschmacklosen Tracht moderner deutscher »Geistigen«, der Gattin die Hand auf die Schulter. Der Eindruck dieses Bildes haftet unverwüstlich in mir. Züge charakterisieren. In der »Gebärde«, der »Äußerung« steckt der ganze Mensch. Menschenkenner wie Stendhal, Mérimée, Bismarck erzählen immer nur Züge.

Mit der Tatsache, dass mehr oder minder künstlerische erfolgreiche Bestrebungen sich mit horrender Geschmacklosigkeit der Umgangsformen, der Erscheinung, der Lebensweise vereinigen lassen, muss man sich heute leider abfinden. Es ist dies mit ein Symptom unsrer an wahrer unbewusster Kultur gänzlich verarmten geschichtlichen Epoche.

Kultur ist heut ein seltnes Besitztum sehr weniger. Ein eminentes Kulturzeichen aber ist die Kleidung. An und für sich, ganz abgesehen von ihrer Handhabung durch den einzelnen betrachtet, ist die heutige Männerkleidung überhaupt geschmacklos. Die Hosenröhren, die ärmellose Weste, der zwischen Sack- und Frackform schwankende Rock, der gesteifte Filzhut, die genähte, nur zu bestimmter Gestalt zu fügende Halsbinde, das teilweise gestärkte Hemd: Alles ist unglücklich. Doppelt gefährlich dem aber, der sich im allgemeinen Rahmen verständnis- und sinnlos gefangen hält.

Das Grundgesetz »guter« Kleidung freilich müsste scheinbar paradoxerweise lauten: Gut angezogen ist nur der, der nackt »gut angezogen« scheint, d. h. nur der Mann wird seine Kleidung gefällig zu tragen in der Lage sein, der sich selbst gefällig trägt. Aber es ist anderseits eine richtige Beobachtung, dass die athletisch oder skulpturmäßig bestgebauten Menschen im Allgemeinen in der heutigen Männertracht eine schlechte Figur machen.

Gehen wir dem Eindruck eines gut gekleideten Menschen – und es ist dies nicht etwa »Geschmacksache«, sondern Sache »des« Geschmacks – nach, so finden wir ein Gesetz auch auf diesem unbedeutenden Gebiete bestätigt, das sich etwa also ausdrücken lässt: Gefällige Eindrücke werden nur durch den Rhythmus. Das Gesetz der Welt ist das Gesetz des Rhythmus. Und wie sich der Rhythmus des Universums bis ins Gebiet der leblosen Natur nachweisen lässt, so wird auch noch so willkürliches Menschenwerk der Vollkommenheit so nahe kommen, als es – Takt erweist. Das Geheimnis der Männerkleidung ist Takt.

Die Mode und ihre Vorschriften besagen gar nichts. Man kann ganz unmodern und doch trefflich gekleidet sein. Und man kann nach dem neuesten Journal und doch entsetzlich gekleidet sein. Die Kleidung muss ihrem Träger gemäß, sie muss von ihm »getragen« sein. Niemals »trägt« die Kleidung den Träger. Das ist ein grober Irrtum armer Selbsttäuscher.

Kehren wir zu unserm Bildhauer zurück. Ich löse den flüchtigen Eindruck in seine sachlichen Bestandteile auf, soweit ich sie – ich hatte das Blatt beim Friseur durchblättert – gegenwärtig habe. Der Mann hat einen unkleidsamen Hemdkragen, eine zu tief ausgeschnittene, über dem verweichlichten Leib in unzähligen hässlichen Falten – keinen »malerischen«! – verknüllte und verzogene Weste, irgendeine aufdringliche Uhrkette und einen offenbar in den Schultern schlecht sitzenden, um die Arme gleichfalls zerknüllten Rock. Dazu irgendeine (sicherlich festgenähte) unpassende Krawatte, etwa eine Schleife zu einer Tracht, die die Schleife »rhythmisch« ausschließt. So wie er kleiden sich unter 100 Deutschen 97. Warum? Weil ihnen die Vorbilder fehlen? Nein. Weil fast nur schlechte Kleider gemacht werden. Und weil die wenigsten Menschen auf diesem Gebiete sich die Mühe nehmen, sehen zu lernen. Alles Lernen ist Erfahren durch Beispiel. Die Beispiele – daran ist unsre unkultivierte »Kultur« schuld – sind zumeist, zu neun Zehntel schlecht. Und die guten Beispiele sieht man nicht, weil sie entweder bereits geschulte Blicke verlangen oder sich durch die Exklusivität ihrer Betätigung (andre soziale Schichten) dem etwa Lernbegierigen sozusagen zeitlebens entziehen. Ein tieferer psychologischer Grund aber ist die vorwiegende Intellekt-, Hirn-»kultur« speziell des deutschen Mittelstandes. Der Deutsche lernt, was in den Schädel hineingeht. Aber er übersieht blind, was ihm die Sinne, noch so stumpf (und er hat sie seit Langem abgestumpft) vermitteln. Kultur aber ist ohne gebildete Sinne unmöglich. Denn Kultur ist vorzüglich ein Sensuelles. Bildung ist noch lange nicht Kultur. Bildung kann Kultur sogar ausschließen, Beweis dessen, dass gerade unsere gebildeten Kreise in allem, was das Substrat der Kultur ist: Lebensart, Milieu, Anzug, ärger als Kanibalen hausen, ohne es zu merken.

Und dass selbst höchste geistige, schöpferische Potenz Kultur ausschließe, haben uns die beiden Beispiele gezeigt. Nun wird mir einer, werden mir hunderte antworten: Aber das, was du meinst, ist nicht Kultur. Kultur steckt im Herzen, im Kopf, in den geistigen Interessen, was weiß ich, wo noch, – nicht in diesem albernen Äußerlichkeiten, die du, geblendet, überschätzest. Auch im zerlumpten Kleide war Diogenes ein kultivierterer Mensch als – Halt, Verehrter, hier hab ich dich! »Auch im zerlumpten Kleide ...« Ja, wer spricht denn von mechanischen Defekten, wer spricht vom Mangel? Ich spreche von geschmackloser Kleidung. Aber, wenden wieder die Überlegenen ein, der Mann denkt gar nicht darüber nach, wie er aussieht. Er geht eben einfach zum Schneider und bestellt die unter Menschen notwendige Hülle seiner Leiblichkeit. Es ist ihm auch gleichgültig, wie ihr Schnitt ausfalle. Er hat Gescheiteres im Kopf ...

Dann geht mein Tadel eben auf den Schneider, am letzten Ende aber doch wieder auf die »Kunden«. Seht euch doch nur einmal Bilder aus früheren Zeiten an. Warum waren alle Menschen früher – ein Porträtwerk ist da sehr lehrreich – gut gekleidet? Der Schneider hat es damals wie heut gute gegeben und schlechte, Künstler, Fabrikanten und Stümper. Es muss doch in unsrer Zeit ein Element sein, das die jener ähnliche Wirkung der Schneiderei verhindert.

Die Menschen haben damals wie heute zum Teil über ihre Kleidung nachgedacht, zum Teil sie gedanken-, willen- und kritiklos hingenommen. Warum ist damals nur »gute«, nicht nur solide, sondern ästhetisch gute Ware geliefert worden? Antwort: Weil damals Kultur bestanden hat. Es hat damals auch keine schlechten Bauten gegeben. Absolut keine. Die haben wir erst »errungen«. Es hat überhaupt – in den wüstesten Zeiten – Geschmack gegeben, nicht als ein anerkanntes Besitztum, sondern als ein unwägbares Ferment der Epochen.

Betrachtet doch – noch einmal – neuere und gegenüber ältere Bilder. Warum sehen deutsche Männer und Frauen auf allen älteren Bildern geschmackvoll, auf den meisten neuen geschmacklos aus? Nicht nur, weil die heutige Kleidung geschmacklos ist. Sie ist es nicht in dem Maße, nicht so absolut (ich werde sogleich am gefährlichsten Kapitel, der früher angedeuteten scheinbar rettungslosen Männertracht, zeigen, dass sie geschmackvoll wirken könne). Nein, diese deutschen Männer und Frauen sind sozusagen konstitutionell geschmacklos, ihre sinnliche Unkultur sitzt in ihren Knochen, hat sich »den Körper gebaut«. Man »trägt sich« schlecht heute, man ist gebildet und – mit Busch – damit gut. Sind wir's denn nicht überhaupt, nämlich geschmacklos? Könnt ihr euch denn wirklich vorstellen, dass unsre Großeltern in den Negerpalästen sich gefallen hätten, in denen ihr unbedenklich wohnt, dass sie sich die geschmacklosen Bücher dieser Zeit – sie datiert seit 50 Jahren – hätten gefallen lassen, den ganzen dem bessern Menschen so entsetzlich auf die Nerven gehenden falschen Prunk eurer »schönen« Außenwelt?

Mitnichten. Man braucht keinen Athener, keinen Florentiner des 16. Jahrhunderts, keine Marquise des 18. aufzurufen, um sich's zu beweisen, dass wir in einer *ordinären* Zeit leben. Die Großeltern genügen. Seht nur die Bilder eurer Ahnen an, ob sie Grafen seien oder Bäcker. Das ganze sichtbare, hörbare, fühlbare Leben noch der Großmutterzeit hatte Stil. Wir haben dafür – den Telegrafen im Dienste des Reporters. Das sagt alles. Unsere schnöde Zeitungs- und schnödere »Individualitäts«ära zeugt für unsere Bedürfnisse, unser Gefallen. Der *Massenrhythmus* fehlt. Der einzelne lebt sich schäbig aus. Und die schäbige Surrogatkultur dient ihm auf Schritt und Tritt. Das Gute ist heut unerschwinglich. Und das Beste ist – im Zerrbild jedermann zugänglich. Was früher ein Fest gewesen ist, eine Feierlichkeit, ist heute Fünfpfennigbazargelegenheit. Und der kolossale Aufschwung der technischen Wissenschaft, all unsre verehrungswürdigen Maschinen: Wem sind sie verfront? Dem Bedürfnis des unerzogenen, *armseligen Individuums*.

Betretet eine eurer gerühmten Ausstellungen, die stolze Heerschau darbietet über Geleistetes. Was erblickt ihr in hunderttausend Exemplaren? Die Pofelware, den Schund, den Kitsch, das Kulturverbrechen. Es gibt – Zelluloidfabriken! Bedarf es noch anderer Belege für den Tiefstand unsrer »Entwicklung«? Wahrlich, ich sage euch: Wir haben uns nur zurückentwickelt. Siegesalleen und die sonstige ditto Kunst unsrer Tage wären vor fünfzig Jahren noch ebenso wenig möglich gewesen wie die goldgepressten Leinwandbände unsrer 2-Mark-50-Klassiker oder der Gummizugschuh.

Ein interessantes Beispiel: das Augenglas, die Brille. Es hat ihrer schon vor hundert und dreihundert Jahren gegeben. Heut aber gibt es nur eine gute Art des »Zwickers«, eine ganz bestimmte, unverkennbare, den randgeschliffenen, uneingefassten, mit dem schmalen farblosen Nasenbügel – und was tragen alle eure Gelehrten, Advokaten, Dichter, Beamten usw.? Jeder einen andern, jeder einen anders scheußlichen. Das Augenglas des Großvaters aber ist dem feinen, beseelten Auge des Betrachters ebenso ein Labsal wie eine antike Lampe gegenüber einer neuzeitlichen aus renaissancegestanztem Bronzeguss.

Noch ein bezeichnendes Beispiel fällt mir ein (ich glaube es schon einmal zitiert zu haben; das nimmt ihm nichts von seiner Trefflichkeit). Vor fünfzig bis vierzig Jahren noch gab es überhaupt nur Männerhemden aus einem Stück. Die »Errungenschaft« sind die anzuknöpfende Manschette, der anzuknöpfende Kragen, eine Errungenschaft für Negerhäuptlinge.

Wer ist gut angezogen? Die höheren gesellschaftlichen Klassen. Warum? Weil sie mehr Geld haben und mehr Geld und Zeit darauf verwenden? Immerhin eine Erklärung. Aber das Wesentliche sagt sie nicht, denn auch der Parvenu verwendet Zeit und Geld darauf, nur ohne Erfolg. Und anderseits wenden sehr viele Mitglieder der sogenannten (und mit Fug sogenannten) höhern Klassen weder Zeit noch Geld darauf und sehen doch gut aus. Warum also? Weil sie Geschmack haben. Was ist aber Geschmack? Geschmack ist nichts als Takt, das ist Gefühl für Rhythmus. Der wirklich geschmackvolle Mensch findet Dinge unerträglich, die »Künstler« verzückt bewundern. Es gibt eben einen höheren Geschmack als »künstlerischen«.

»Künstlerische« Trachten z. B. sind fast immer geschmacklos. (Man denke nur an den Gräuel der künstlerischen Frauenmoden!! Die kleinste Wiener Kontoristin hat mehr Geschmack als so ein kunstverblendeter Künstler.) Dagegen Nationaltrachten. Welcher Reichtum! Ebenso ist die Natur niemals geschmacklos. Warum? Weil sie Natur, d. h. *organisch* ist. Alles Unorganische, alles Gemachte ist geschmacklos. Auch Männerkleider müssen organisch sein, d. h. »sitzen«. Darin liegt das offene Geheimnis. Gut gekleidet ist der, dem der Anzug »steht«, dem der Rock »sitzt«. Nicht »wie angegossen«; das kann furchtbar geschmacklos sein. Aber wie eine Fortsetzung des Trägers, eine Fortsetzung des nackten »Anzugs«. Der vortrefflichste Schneider kann einem, der den Anzug nicht zu »tragen« imstande ist, keine »Figur« machen. Es wird einen Anzug geben – und daneben einen, der gern eine Beziehung dazu hätte, aber keine erlangt.

Mit Befremden sehe ich manchmal in sogenannte »Modeberichte«. Ich habe fast immer gefunden, dass so ziemlich alles, was in einem solchen funkelnagelneuen Bericht »aus Paris« steht, falsch ist. Das heißt: Nichts von dem, was da angegeben wird, trägt »man«. Weder »muss« der Seiner-selbst-Sichere vom März des laufenden Jahres ab diese und jene Krawatte tragen, noch gibt es ihm einen Ruck, wenn er vernimmt, dass »die Modefarbe grau ist«. Das kommt mir so vor wie die gewissen Nouveautés (»letzte Fashion« etc.!) der großen Warenhäuser: 15 oder 500 gleiche Krawatten à … im Schaufenster. Armer Modejüngling, der du beglückt für dein Bargeld den Schlüssel zur letzten Salonfähigkeit erstanden zu haben wähnst, wenn du dem Laden einen Besuch abgestattet hast! – Ich wende mich beileibe nicht gegen die »Mode«. Die Mode ist ein Ausdruck unwägbarer, unkontrollierbarer Richtungen, Neigungen, Schwankungen. Das, was innerhalb der Mode von den einzig Maßgeblichen – den zwei, drei, zwanzig, zweihundert wirklich gut gekleideten Menschen – angenommen wird, verleugnet seinen Charakter als »Letztes« durchaus nicht. Und anderseits: Wenn die Mode allgemein wird, hat sie bereits längst auf ihrem eigentlichen Ehrgeizgebiet – im Reich der Maßgeblichen – ausgespielt.

Die Mode hinkt zumeist dem Geschmack und seiner Laune nach. Verlassen kann man sich nie auf sie. Aber dem Geschmackvollen kann auch niemals etwas »passieren«. Er mag geruhig die Mode auf einem Dornröschenschlosse verschlafen. Er kommt immer zurecht. Denn er hat, wie alle Körper, die Schwerkraft, das Gesetz in sich. Beflissenen muss man immer wieder mit dem Metronom nachhelfen. Und sie werden niemals die nachtwandlerische Sicherheit der Auserwählten erlangen.

Mit Mitleiden lese ich auch gelegentlich in den Zeitungen, der und jener Schauspieler habe eine Mode angegeben, habe, wie sich der begeisterte Zeitungsmann ausdrückt, tonangebend gewirkt. Welche armselige Verblendung! Bedarf denn das wirklich vornehme Milieu eines Winkes von den »welt«bedeutenden Brettern herab?! Solche Vorstellungen kann nur ein Sonntagsfeuilletonist aushecken. Er sieht entzückt tonangebende Schauspieler und überhört den »tönenden« Herrn neben sich, der ihm, weist man ihn etwa auf ihn, »unmodern« erscheinen mag.

Bestes Material, sorgfältigste Arbeit und den angebornen *Sinn dafür.* Aber du, berauschter Modereporter, fasle weiter von Tonangebenden!

2. Die Schönheit der Männertracht

Eine ehrlich entrüstete Dame hat mir einen Ausschnitt aus einem Berliner Blatte gesandt und von mir öffentliche Abwehr einer Anregung begehrt, die freilich an Geschmacklosigkeit nichts zu wünschen übrig lässt. Ein deutscher Schriftsteller – wem anders als einem Literaten und einem deutschen hätte auch der Einfall kommen können – schlägt allen Ernstes vor, dass zur Erhöhung der Festlichkeit unsrer Schauspiele die männlichen Zuschauer statt der »Uniform« der schwarzen »unkorrekte« und »bunte« Röcke tragen sollen, »jeder nach seinem Wesen und seinem Gesicht, festlich in den Stoffen und Farben, unfestlich im Schnitt«. Die traurige Begriffsverwirrung, die einer als ehrlichen Gefühlsäußerung immerhin achtbaren Einzelmeinung zugrunde liegt, ist symptomatisch für die neudeutsche Auffassung von Kultur. Zugegeben, das »Festkleid« der Männer habe in der Gleichförmigkeit seines Schnittes, seiner Farbe etwas Uniformmäßiges: Ist es an dem einzelnen, sich darüber hinauszusetzen? Hat es ein einzelner etwa angeordnet, kann ein einzelner das Gebot aufheben? Und gesetzt, es wäre dem Impuls eines einzelnen zuzutrauen, dass er das Wesen der Männerkleidung von heut auf morgen änderte, müsste solche Willkür nicht im Gegensatz zur Evolution der Kultur Revolution der Barbarei heißen? Immer wieder sei es Tauben gepredigt: Kultur *macht* man nicht, Kultur wird.

Als symptomatisch habe ich diese Begriffsverwirrung bezeichnet, denn sie ist nur ein Element im Getriebe misslicher heutiger »Bestrebungen«. Man verkennt in unserm Zeitalter einer schlechtverdauten Individualitätsphilosophie völlig die wohltätige Mission der anonymen Masse. Auf allen eigentlichen menschlichen Lebensgebieten – den Gegensatz möchte ich im Erleben sehen, dem weitesten Sinn auch des Schöpfertums – hat der einzelne sozusagen die Pflicht, schweigend mitzugehen. Wenn sich alle gegeneinander vereinzelt bewegen, entsteht Anarchie. Auch der Staat wurzelt im Mitgängertum. Die Geschichte lehrt uns die Phasen der Entwicklung beurteilen. Wir vergleichen den Weg mit den erkannten Zielen – die den Wanderern als Ziele noch nicht kenntlich gewesen sind. Es ist der Irrtum der Heutigen – ihr Stigma ist die nicht verarbeitete, die Halbbildung –, dass sie den Fluss des Werdens durch doktrinäre Ungebärdigkeit zu hemmen unternehmen.

Ein Beispiel: unsere Architektur. Wir haben keine. Das will man nicht einsehen, sondern erzwingt sie. Die Folge ist das entsetzliche Chaos unserer Bauten. Fern sei es von mir, dem schöpferischen Einzelwillen mit der Gleichheitspolizei zu drohen. Der Schöpfer hat immer recht. Er schafft, indem er sich ausdrückt. Aber er bleibt notwendigerweise vereinzelt. Das verkennt man. Man vereinigt sich zu Schöpfungen. Das Ergebnis ist für den Beobachter all dieser schädlichen Irrtümer schmerzlich: Er sieht »Richtungen« aufgebauscht, deren Träger vereinzelt keinerlei Legitimation zur Führerschaft besäßen, zu Konventikeln vereinigt aber Urteilslose und Neugierige sich zur Gemeinde zwingen.

Die »künstlerische Frauentracht« ist ein geringfügiges Kapitel in dieser Geschichte des neuzeitlichen Kulturwahns. Irgendein passabler Maler – es gibt heute unzählige passable Maler; als Kulturerscheinung steht diese ganze Malerei tief unter den Erzeugnissen einer barbarischen Volkskunst; sie wertet als harmlose Spielerei – »erfindet« ein Gewand. Wenn zwanzig solche überflüssige Maler jeder ein Gewand konstruiert haben, ist die sonst unschuldige Betätigung des müßigen Spieltriebes bereits eine »Bewegung« geworden. Die deutsche Frau der rasch zu kleinem Wohlstand gediehenen Mittelschicht, deren Geschmackssinn notorisch unentwickelt ist, fällt auf die nicht einmal als Marotte schätzbare Willkürlichkeit herein, und bald sieht der wohlerzogene Zeitgenosse schaudernd, wie sich natürliche Ungrazie eines ungeübten Körpers durch wüsten Firlefanz »künstlerischen« Zierrats aufdringlich bemerkbar macht.

Nun kommt ein »Dichter« gar mit männlicher Kleider-Freiheit! Die Elemente guter Kleidung sind in Deutschland noch nicht einmal im rohesten Umriss bekannt. Aber schon will man »individualisieren«.

Écrasez l'infâme! Zurück in die wohltätige Unscheinbarkeit der sogenannten Uniform, die ihr noch lange, lange nicht einmal zu tragen imstande seid!

Die Schönheit der heutigen Männertracht ist in ihrer Nüchternheit begründet. Nur dem allerfeinsten Geschmack ist leise Nuancierung der diskreten Farbigkeit gestattet.

Denn gewiss sind Form und Farbe die Faktoren der sinnlichen Schönheit. Aber Gott bewahre uns vor der Entfesslung des individuellen Geschmacks auf diesem Gebiete! Wir haben schon genug an individueller Architektur, individueller Innendekoration und »angewandter Kunst«. Unsre Zeit – dies ist Höherstehenden ein Axiom – verschmäht instinktiv das dekorative Element außerhalb des Gebietes reiner Kunst. Ihr Sinn ist anständige Brauchbarkeit jeglichen Gerätes, ein Sinn freilich, den die wenigsten auch nur ahnen. Was in unsrer Zeit an Farbigkeit noch lebt, ist der vornehme Atavismus des Kultus und der militärischen Uniform (und das modernste Militär geht schon davon ab zur zweckmäßigen Mimicry). Endlich die Frauentoilette. Hier, wo der Geschmack der Anmut naturgemäß waltet (trotz den den Sinn der Frau bedrohenden Bestrebungen einer doktrinären Emanzipation), sind Form und Farbe frei, aber beileibe nicht dem belanglosen Individuum. Praktisch ja leider wohl. Und man betrachte selbst in hiezu natürlich begabten Ländern, Österreich z. B., die armselige Emanation dieser Freiheit in einem unerzogenen, grobsinnigen Mittelstande. Die Mode ist ein Luxusprodukt. Die Gesetzgeberin ist also die Dame. Nur die Dame – das Produkt und die Trägerin des verfeinerten Lebensstil – darf apart sein (und ihr pikantes Gegenspiel und im Gesamtbild mondäner Kultur wohl nicht ohne ästhetische Einbuße zu missendes Zerrbild: die Kokotte). Aber die Köchin im äffischen Sonntagsstaat, das ist so recht der Ausdruck für unsre triste gesellschaftliche Anarchie. Nur Klassen, deutlich geschiedene Kasten, setzen eine rhythmische Gesellschaft zusammen. Seit der Bauer, seine herrlich bodenständige Tracht verschmähend, sich städtisch trägt, ist er um sein Kulturerbe, das ihm gemäße, gekommen.

Die Schönheit der Männerkleidung besteht im Takt der Zusamenstellung. Es ist keineswegs gleichgültig, was man zusammenfügt. Willkür wirkt geschmacklos. Und da sei auch ein oft missverstandenes Kapitel gestreift: der sogenannte Zwang der Anstandstracht. Er ist heilsam, dieser Zwang. Strengste Regeln sollten den Touristen in Alpentracht aus dem Speisesaal des Hotels verweisen. Er hätte seine Unart – denn Unart ist sein Verlangen, unvorbereitet einzutreten in den Kreis der Sorgfältigen – durch deutliche Missachtung zu büßen. Ich liebe den Lodenrock, die lederne Hose: Ich fühle mich unendlich wohl in dieser eine Tradition des Naturdienstes verkündenden Tracht. Aber ich fühle mich ebenso wohl im Frackanzug, wo ihn die Situation erfordert. Der Zwanglosigkeit gewisser gesellschaftlicher Zusammenkünfte habe ich nie Geschmack abgewinnen können. Die Sitte ist ein Bildungsmittel allerersten Ranges. Heil der Sitte, heil ihrem erzieherischen Zwange!

Fluch der Unsitte, zumal wenn sie missverstehenden Protest bedeutet! Es ist ein arger Irrtum, wenn man Zuchtlosigkeit mit Freiheit verwechselt. Wo bliebe der Anstand, wenn man in diesem Sinne Freiheit walten ließe? Gehen, essen, sprechen, alles muss man lernen. Glücklich der Mensch, dem eine gute Erziehung zuteil geworden ist.

Es muss ein sehr seltnes Glück sein, denn ich sehe entsetzlich viele arme unerzogene Menschen. Wie jämmerlich ein unerzogener Mensch wirkt, wenn er sich als gebildet erweist, ist gar nicht zu sagen. Leider aber glaubt der Deutsche durch geistige Bildung alles ersetzen zu können, was ihm an Sitte und Sinn dafür abgeht. Der Verstand ist eine schöne Sache, die Vernunft ist mehr. Und es ist unvernünftig, dort verständig sein zu wollen, wo Höheres gebietet, vernunftlose Musik, Takt. Was ist an unsrer heutigen Damentoilette so wunderschön? (Und ich bekenne gern, dass sie entzückend ist.) Es ist der vollendete Klang der verhüllten, aber betonten Körperform. Das Gesetz des Körpers betätigt sich in Freiheit, und seine Wirkung ist Maß. Man kann das Tempo dieses Maßes beschleunigen oder verlangsamen, das ist Sache des Geschickes und bedingt durch die Körperverhältnisse. Der Mann operiert durch seine Kleidung mit seinem Körper ähnlich. Aber wenn es das Wesen der Frauenschönheit ist, zu musizieren (Reiz ist ihre Seele), hat der Mann, dunkler, gehaltener, das Beweglichere der Anmut zu begleiten. Ein niedlicher, ein zierlicher, ein geschniegelter Mann wirkt lächerlich, denn seine Art ist in der Kontur der Kraft, im Ausdruck des Geistes, im Zug der Energie gezeichnet. Aber Kraft betont sich nicht am Speisetische, im Salon. Während der Sportanzug, zumal im gegliederten Beinkleid, dem Körper des Mannes zu seiner Kraftform verhilft, hüllt ihn der Straßen-, der Zimmeranzug ins Unscheinbare der modernen sozialen, einer vorzugsweise unkörperlichen Wirksamkeit.

Das Gemach des steinernen Stadthauses hat nichts mit der Natur zu tun. Wir Städter leben in einer »unnatürlichen« Welt, die wir selbst gestalten. Je nüchterner, umso angemessener. Und wenn wir Feste des Geistes feiern, beteiligen wir uns nicht dekorativ daran, sondern als anonyme Genießer. In dieser Anonymität liegt mit ein Teil unsrer stärksten Kultur.

Über Stil im Schreiben

Stil ist Einheit des Gesetzmäßigen. Das Gesetzmäßige aber entspricht einem Innerlichen, das sich, wie die Seele, nicht irgendwo fassen und halten lässt, sondern sich nur bestätigt als wirklich, als ein Ens, – wobei auch der Hinweis auf das schon im Sprachlichen sich kennzeichnende »Innen«tum des »Ens« nicht versäumt werden soll. Stil ist sich bestätigendes Gesetz. Was am Stillosen beunruhigt, peinigt, ist das unbegründet Willkürliche, das Zusammenhang-, gleichsam Kern- und Keimlose, das ist Grundlose des irgendwo Beginnenden, irgendwo Endenden. Stil endigt nicht, Stil ist in sich selbst beschlossen. Stil ist nicht Ausdruck für irgendetwas, sondern Äußerung, die nur Eindruck ist.

Stil ist auch nicht Persönlichkeit. Persönlichkeit muss sich im Stil äußern. Stil ist nicht denkbar ohne Persönlichkeit. Aber Stil ist nicht ein Schlüssel zu irgendeinem bestimmten Schlüsselloch. Es gibt persönlichen Stil. Aber das Wesentliche des Stils ist nicht die Persönlichkeit. Sie ist nur seine Farbe. Wie die Farben der Fontaine lumineuse zwar das Wasser zeigen, aber nicht das Wasser sind. Stil ist Wasser, das Elementare des Wassers, nicht seine so oder so durch Röhren geleitete und sich in einer Form flüchtig zeigende Gegenwart, sondern sein Sein. Es ist Stil denkbar auch im Dunkeln, auch verschlossen, noch nicht aus der Röhre in die Form fließend. Eines ist sicher: Stil erscheint nur in der Form. Stil ist wohl immer da, sobald er nur möglich ist; aber wenn er wirklich wird, erscheint, ist er auch bloß Form, und wenn man will, auch Farbe. Denn ohne Farbe – das ist Licht – wäre er gar nicht sichtbar. Aber »denkbar« ist Stil auch im Chaos des Elementaren, in seinem eignen Dunkel, »über sich allein«.

Das Geheimnis des Stils ist Selbstverständlichkeit. Alles Selbstverständliche hat, erscheinend, Form. Denn Form ist nichts als gesetzmäßige Äußerung, Aus-sich-selbst-Herauskommen. Aus »sich«, das heißt aus dem mathematischen Mittelpunkt, der aller Wirklichkeit Träger, Anfang und Ende ist, das ist ebenso Anfangs- und Endlosigkeit.

Stil ist Unendlichkeit im Durchgang durch die Form. Und da wir nur die Form erfassen, das Unendliche bloß fühlen (wissen, dass es da sei), so ist Stil etwas sich selbst immer wieder Formendes, sich selbst Verwirklichendes. Ja, Stil verwirklicht sich immer wieder selbst, wie Wasser sich immer wieder selbst verwirklicht und eigentlich nur in seiner Idee wahrhaftig – transzendental – existiert. Stil ist die einzig gerechte Art der Verwirklichung des Gesetzes. Es gibt keinen annähernden Stil. Stil ist vollkommen. Es gibt kein Beinahe. Vom Beinahe leben die Literaten. Es ist das Verächtliche an Literaten, dass sie immer nur beinahe, eben noch und schon vorbei sind, nie wirklich im Sinne der Sicherheit. Ich möchte es so ausdrücken: Stil ist seiner so gewiss, dass er sich nicht erst zu manifestieren braucht. Wie Wasser, das auch nicht erst aufgegraben und in Röhren geleitet werden muss, um da zu sein. Wo Wasser ist, noch so verborgen, ist Wasserfühlenden gewiss. Wo Stil ist, ist Stilempfindenden gewiss. Äußerung ist eigentlich schon eine Demonstration. Ganz großer Stil verschmäht sogar, entdeckt zu werden. Er beruht in sich, wie Gott in sich beruht und es verschmäht, entdeckt zu werden. Freilich, wer Gott hat, weiß nichts mehr davon, dass er ihn einmal entdeckt hat.

Stil im Schreiben. Ich fasse es kaum, was heute überhaupt als Stil gilt. Fast alles, was heute, zumal im Deutschen, geschrieben wird, ist stillos. Wie Adam nach dem Sündenfall um das Beste gebracht war, was ihm Gott gegeben hatte, die Unbewusstheit. Alles, was heute sogenannten Urteilern Stil dünkt, ist armseliges Surrogat, Versuch. Stil ist nie Versuch, sondern Sicherheit. Stil ist nicht etwa bloß Naivität, Gegenwart. Er ist die Gnadenwirkung der Ahnung.